等待

何寄澎

目錄

輯二　腳踏車之夢

輯三　該被讚美的人

輯四　造物不吾欺

輯五　書　憤

輯六　傅斯年是誰？

不曾變易的本質

——推薦序

林文月

為了再版一本舊文集的需要，我去翻找老相簿，無意間看到在相連的兩頁貼著好幾張與學生們合影的照片。

約莫是三十年前的照片吧？六、七位男女學生，以我為中心，擠成一排微笑留影。他們是我教研究所課第一年選修課程的學生，我分明記得。地點是我故宅的客廳，大家就擠在長沙發裏，我也分明記得。但是，因何全班同學都到齊了呢？已不甚記憶。大概是學期末的導生聚會吧。

那時候，大學裏已實施導生制度。校方把學生平均分配給授課的教授為導生；研究所的學生人數較少，所以往往全班都歸屬一位教授。導師和導生每學期至少聚會一次，以增進課堂之外的了解，那大概就是導生制度施行的目的。不過，凡事制度化以後，便易流於形式。多數學生於修完課程後，便不見蹤影，失去聯繫；也有極少數的人會在規定的聚會之外，個別來訪，甚至保持更長久的師生情誼。照片中有一、兩位如此，何寄澎便是其中一位。

多幀照片中擠坐最左邊的一個男生便是何寄澎。他看來與三十年後的今日無甚大變化，或許是當年他較其他學生年紀稍大的關係。寄澎讀博士班的時候，已婚，並且曾經任職於文化事業，所以較之同屆的男女同學顯得老成持重，甚至多慮與憂鬱。

我故宅的書房，稍嫌逼仄幽暗。除了我自用的書櫥和桌椅之外，桌旁只容一隻小沙發椅，而且常年都需日夜點燈，燈光使人思緒易於集中。我進入書房，總是埋坐於桌前的椅中閱讀或書寫，只偶爾換坐在沙發椅中舒解精神疲憊；偶爾那椅子裏坐著的是我的家人，他們在書房中總是可以找到我；偶爾那椅子裏也會坐著我的學生，他們個別來訪時，我不安排令他們端坐客廳，喜歡他們坐在我書房的那個角落。在吊燈之下，有些舊損的沙發椅中，大概會令人感覺放鬆，言語自然的吧。

便是多次在那燈光之下、那坐椅之中，寄澎和我談話，讓我知道他學業的進展與困躓、他生活的意興與憂戚。他說話的時候，仍有一些課堂上討論發言的味道，輕聲而緩慢，甚少激昂慷慨直陳。往往是多感的、多慮的，但也常常都是語帶保留的含蓄。聲調和語氣雖與課堂上給我的印象類似，但是所講的內容則不相同。坐在書房一隅那張舊損的椅中，或許真會令人感覺放鬆自在，許多的話題便也自自然然湧現。我似乎更認識了我的學生，那些是在討論學問，批閱報告時所無法發現的個別特質。

其實，那張椅中，也坐過許多其他前前後後不同時期的同學，述說過許許多多個別的年輕的心事或困惑。我未必能夠為他們一一解惑，但確曾誠心聆聽過。我想，也許學生們只是需要課室外一個安靜的角落、一張舒適的椅子，讓他們盡興傾談罷了。他們個別的問題，說不定傾談後便釋然，可以面對、甚至迎向明日。

許多年過去，學生們先後畢業，迎向明日。在急速變化的台北市，我那一幢故宅已經在新的都市計劃中消失，化為南區捷運某站的一隅了。但是，我知道有些記憶並未消失，譬如我的學生們同我談過的一些話。只是當時青春的他們，如今已步入更為成熟的中年。

如今的寄澎，甚至自稱已然有「衰老的癥候提前來到」。教課授業擔負行政工作之餘，又往往見到他發表的文章。在文章裏，我看到他的生活、感思和關懷。

住臨近學校的宿舍區，近來寄澎捨轎車而改騎腳踏車，倒也是因應日益擁擠的都市交通狀況的好方法，大路小徑任意穿逡，得以寓目瀏覽花木草樹。從家到研究室，從研究室回家，學人的生活看似單調寂寞，但他說：

> 停妥車子，拿起沉甸甸的背包，踏入研究室時，又有「鐵肩擔教育，笑眼看青年」之慨——那顯然已不僅是一己的自由、任意與逍遙了；其中自也包含了人生在世應有的信任與責任。

他窗下讀詩，感動於古今人物的修養內涵。於閱讀鄭因百老師《清晝堂詩集》後，滿懷追思寫下：

鄭先生展現了一種深受傳統文化浸染薰陶之學者的氣質與風度。相較於晚近以來那些處處可見的，與時變易、務出新奇、根基不實、晦澀艱難的論著，鄭先生具體見證了一種日趨消失的學術典型。

不過，憑窗暫眺，也總有些「小葉欖仁的枝葉隨著寸寸西移的日影、隨著偶然揚起的金風」。友人種植的「兩株羊蹄甲」，於貧瘠的土地，開出豔紫的花，無甚枝葉姿態，「也自有一種麤服亂頭的風致」，遂又悟得生命歸屬的道理。

「晨起喝粥」，「早餐後，背書包，騎車出門」經過許許多多熟悉的「小舖」，滿足於小小平凡的生活。寄澎記錄了自己和眾多市井小民的尋常生活，他所嚮往的是「簡單的愉快」，毋寧是不容易再追回的那種「簡單純粹的年代」。這樣的篇章裏，我看到的是，往日我所認識的青年，有一些浪漫、有一些易感，還有一些愁悵與無奈。

然而，在不同的篇章裏，也引出我對寄澎的另一些印象。作為一個知識份子，他對個人的生活，嚮往簡單純粹，但於社會風尚及教育制度，自有主張和堅持。「靜夜讀詩」，不盡是情興的陶醉，「善悟易感，不曾因老而遲鈍」，典範在夙夕，每每提醒對於「原則」與「責任」的思考，乃遂握筆「書憤」：

我把你沉默的「憤」寫出，留下一個見證。你要相信，窗外終將有人，枯黃的草也終將恢復它的青翠……

於是你知道你已身陷於一個黑暗無邊的世界，不免哀傷委頓。但我要告訴你，在這樣的世界裡，透過莊嚴的沉默，守護自我的貞定、清醒——如果那算是放逐，則也是一種抗議的姿采。

儘管於時事現實有所批評、甚至憤慨，寄澎書憤的語氣，仍是三十年前在我書房燈下一貫的約制、含蓄而有所保留，正亦應證了他自己再三強調的「人格的教育」，和「讀書的教育」。這樣的書寫方式，在今日急速變化的社會價值觀中，或有一些不合時尚，但「關懷負責、誠懇謙虛、明辨是非」原是知識份子的守則。透過文字，我看到了何寄澎從青年時期沒有變易的本質。

二〇〇八年五月四日

．林文月女士，知名散文家，曾獲中國時報文學獎（散文類）、國家文藝散文獎及翻譯獎，著有《作品》、《交談》等，並曾翻譯日本古典鉅著《源氏物語》等。

時光長廊裡的等待者

——讀《等待》有感

簡　媜

我繼續等待著，時而俯瞰山下多彩的燈海，時而仰觀無星無月的夜空。

厚厚一疊白紙列印的散文書稿，從寒冬至春暖，隨著我的閱讀進度在書桌、餐桌、床頭之間輾轉，其中幾頁還曾塞入登山背包到山上涼亭吹了一陣風。白紙黑字有一種冷靜的光影氛圍，我因此暫忘作者是熟識的何老師，當作自己是初相逢的讀者，讓文字告訴我一切。

首先，印入眼廉的〈討厭自己〉著實令人一驚，鮮少人以此種方式開篇；然在討厭自己何以不能裝聾作啞、從俗媚眾的「自我詰問」之中又雄辯滔滔地「自我答覆」：「本質不能變、原則不能變、理想不能變、價值不能變。」一問一答，揭露近十年間處於社會亂局卻深感無力者共有的鬱悶心結。這鬱悶像一枚新燒的烙印，而往昔青春正盛時，從家庭教養從古典經籍從師長繼承而得的核心價值體系又如與生帶來的胎記，行路已過中歲，疾風暴雨忽歇忽起，書寫者帶著烙印與胎記踏入文字國度，抖落一身記憶，砌築一條長廊，雕刻時光；浮光暗影悄然晃動，往事歷歷在目，說故事人的語音時而愉悅時而感傷，偶而也夾著嘆息。

全書六輯總綰六類人事情懷。輯一輯二，或懷想澎湖童年或記述日常，採擷微物之中自有的一份閃爍之美，而平凡家居也頗有悠閒體會足以分享。其中，書寫父親數篇最是動人，補捉如亂世飄蓬的一代人中，自己父親那二度離鄉背井、鰥居數十年的孤獨身影。父子同一屋簷，卻各有各的時代鬱結，父親房間裡的燈與書桌，默默陳述一身如寄者所尋得的小小慰藉。平凡之物，亦是信物。

輯三以「該被讚美的人」定名，所記為師友、學術往來或日常錯身而過的市井人物，不論鴻儒白丁，凡顯現美好品質者恆被文學家歌詠，蓋散發溫暖的人性世情，總能在無形之中給予人們勇氣與支持。

作者所砌築的時光長廊裡，固然四季嬗遞，但處處佈著靜夜獨白的意境。或許，相較於白晝喧囂、市聲亂耳，黑夜更能讓內心泊止進而流露本然面目。因此，不管是仲夏夜獨自在山上等待下山的車班，遙觀燈海夜空若有所悟；靜夜讀詩，省視觀照「價值」與「美」的真諦；中夜忽醒，探問自我躁動之心；夜行列車，從燈火幻滅的窗景中補捉片刻沉靜；或是子夜前偕妻校園散步，見嫻靜的樹、柔和的燈、溫暖的建築，「穩如磐石的圖書館莊嚴深邃，黑夜裡闊如長河的椰林大道崇高偉大。」在在彰顯著自我應答的內心起伏，探詢、追問、冥思、回歸，不斷地自問人生該追求什麼？該如何尋回安詳與真誠？如何在紛擾之中安頓年輕時即已得出定論的終極價值。因這自我問答的音色如此清亮純圓，而靜夜如一匹黑絲綢，情景交融，遂完成一獨特的心靈風景。與之相映成趣的當屬「造物不吾欺」一輯，寫宿舍區的蓊鬱林木、書桌前的羊蹄甲，寫榕松兩樹之爭、春櫻秋芒，雖是短篇實為佳裁，筆端流露真情如對知己，如慕如訴，令人不免推測在作者眼中花樹遠遠勝過人事，許是一草一木不欺吾，年年以美相待，不似現實人事變化無端之故啊！

如果靜夜諸篇顯示了學術殿堂裡一個安身立命的知識份子所追求的寧靜與恬淡，則輯五輯六是個反差存在，以變調的高音省察社會亂貌、揭示敝端甚至痛陳沉痾，鬱抑之情難掩，憂憤獨多，爭如不見亦不聞的「棄絕」心態，一段強過一段，一篇悲過一篇，險險乎有玉石俱焚的詭異氣氛。然而，證諸多年來我輩賴以寄託之核心價值、珍貴品質一一崩塌的實況，其「憂憤書寫」卻也是最能引發共鳴之處。

宛如大海回瀾，在「憂憤」深處，「棄絕」盡頭，最初的學術銘印與年輕以來的自我信念錚錚然歸位，捍衛著一切，呼應了開篇二文〈討厭自己〉與〈等待〉這組一厭一等、既是謎題也是解答的密碼：在燈海之上、夜空之下，重新感受昔日的種種情懷，靜靜等待著。等待什麼？或許是一個善意的陌生人送來溫暖，或是一個清明的社會漸漸回魂，當然更是「等待那原來的『我』的返回」。

·簡媜女士，知名散文家，曾獲中國文藝協會散文創作類文藝獎章、吳魯芹散文獎等，著有《水問》、《月娘照眠床》、《老師的十二樣見面禮》等多部。

輯一

單純的熱情

討厭自己

我發現自己在磨難自我的性情，試煉自我的智慧。我漸漸開始有些體會，也漸漸心中多一分平靜。

已經有一陣子了，我有點討厭我自己：討厭自己在這個專欄裡寫的東西那麼沉重；討厭自己面對年輕的學生，偏要講些他們毫無興趣、甚且嗤之以鼻的道理；討厭自己遇到學術、專業的是非良窳，永遠無法違背良知，滔滔吐出冠冕堂皇卻不知所云的廢話；討厭自己對任何人、事，總是以高尚的原則、謹嚴的標準，加以衡量、要求；討厭自己揚善若不及、嫉惡如仇讎，完全不懂得保護自己；質言之，討厭自己何以不能稍稍裝聾作啞，從俗些、媚俗些！

然而，我又怎麼可能改變自己呢？做為一個受了高等教育的人，目睹種種社會病象，如何能裝聾作啞，噤聲不言？做為一個教師，眼見新一代辜負其美好本質，充斥種種偏差的觀念、錯誤的價值，如何能不諄諄誡導？做為一個學術中人，明知學術的原則無他：追求絕對的「真」而已！如何能不信守？做為團體中的一份子，人人既各司其職、各有其分，又有誰能享有「怠忽」的權利？善人不出頭、惡人縱橫走，又那有公平正義可言？如果自己還有一絲一毫影響力，則如何能不善加發揮？總之，我所討厭的自己，不過是為其所當為而已。

不過，我終究還是討厭這樣的自己的。因為，不得不發的鳴聲，理當可以更為寬和婉轉；永世不替之理的闡述，理當可以更為沁心動人；追求學術絕對的真，理當可以更為溫溫然；揚善去惡、責人盡分，理當可以更為循循然。換言之，我畢竟認為我所討厭的自己，是需要做些改變的。

我開始小心翼翼的、微調的改變自己。這是不容易的，內心常常翻騰著矛盾、惶惑，甚至痛苦。本質不能變、原則不能變、理想不能變、價值不能變，多麼艱辛啊！我發現自己在磨難自我的性情，試煉自我的智慧。我漸漸開始有些體會，也漸漸心中多一分平靜。不過這平靜往往如飄風急雨，倏爾而逝；我知道我的修行還淺，要走的路還長。我終於明白，孔子說：「四十而不惑」，常人是做不到的；而「六十而耳順」，又是何等平易、高深，令人嚮往的境界。

討厭自己，竟有這樣的收穫，原是始料未及的。回顧整個過程，始則抑鬱，中則起伏拉鋸，今則坦然豁然，關鍵無非是不斷思辨、叩問、探索的自省能力而已。看看幾年來我們國家的每下愈況、看看近日SARS疫情的一場糊塗，我由衷建議諸執事要員，不要這麼愛自己，好好討厭自己一下吧！

——原載二〇〇三·五·二十一《聯合報副刊》

等待

我想，等待對所有的人都是好的。此刻，在城市南方偏僻的山坡上我重溫等待的感覺，彷彿回到從前，甜美而愉悅。

從父親的住處出來，小型公車剛剛駛離，留下車尾的紅燈幾乎伸手可及。不免有點悵惘，恐怕得再等三十分鐘才有車來。這裡是山坡地的重劃區，巍峨的樓，精緻的別墅，簾幕密遮的燈影，增添仲夏夜的寧靜。也好，姑且就享受一下等待的滋味吧！四下無人，信步踱來踱去，突然想起，很久沒有這樣的經驗了。年輕時，等公車、等放榜、等假日，等伊的電話、伊的信、伊的倩影。那時，等待似乎是日子的全部。難免雜陳著欣喜、焦慮、懊惱、興奮種種不同的情緒，日子卻因此是充實而有活力的。鄭愁予的詩說：「等待，對婦人是好的。」我想，等待對所有的人都是好的。此刻，在城市南方偏僻的山坡上我重溫等待的感覺，彷彿回到從前，甜美而愉悅。

我繼續等待著，時而俯瞰山下多彩的燈海，時而仰觀無星無月的夜空。山徑上來來往往偶然有車經過，我想，都是回家的人，只是方向不同罷了。街角崗亭裡的警衛向我微笑揮手，也許他認得我；也許並不相識，但視我為共同守夜的伙伴，一種相濡以沫的感覺嗎？這時，左邊坡道一輛黑色的車緩緩停了下來，駕車的男子，穿著休閒，斯文儒雅，友善的問道：「下山嗎？我順道載你一程吧！」一時間有點狐疑、有點躊躇，旋即覺得羞愧——自己難道不教人戒懼提防嗎？我打開車門坐上右座，客氣的問：「真的順道嗎？會不會不方便呢？」男子說：「不會的。不過多繞二分鐘而已。」我「謹慎」的和他寒暄。說「謹慎」，是因為此刻寒暄乃為必要的禮貌，而我又理應注意不觸及他的隱私。男子倒是坦然自在的，有教養的談吐，不少言、亦不多言。我們欣悉竟然都是同一所大學畢業的，只是他比我整整晚了一紀。下車時我很想和他交換電話，但終於只是說了聲「謝謝」、「再見」，目送他的車子沒入夜幕。

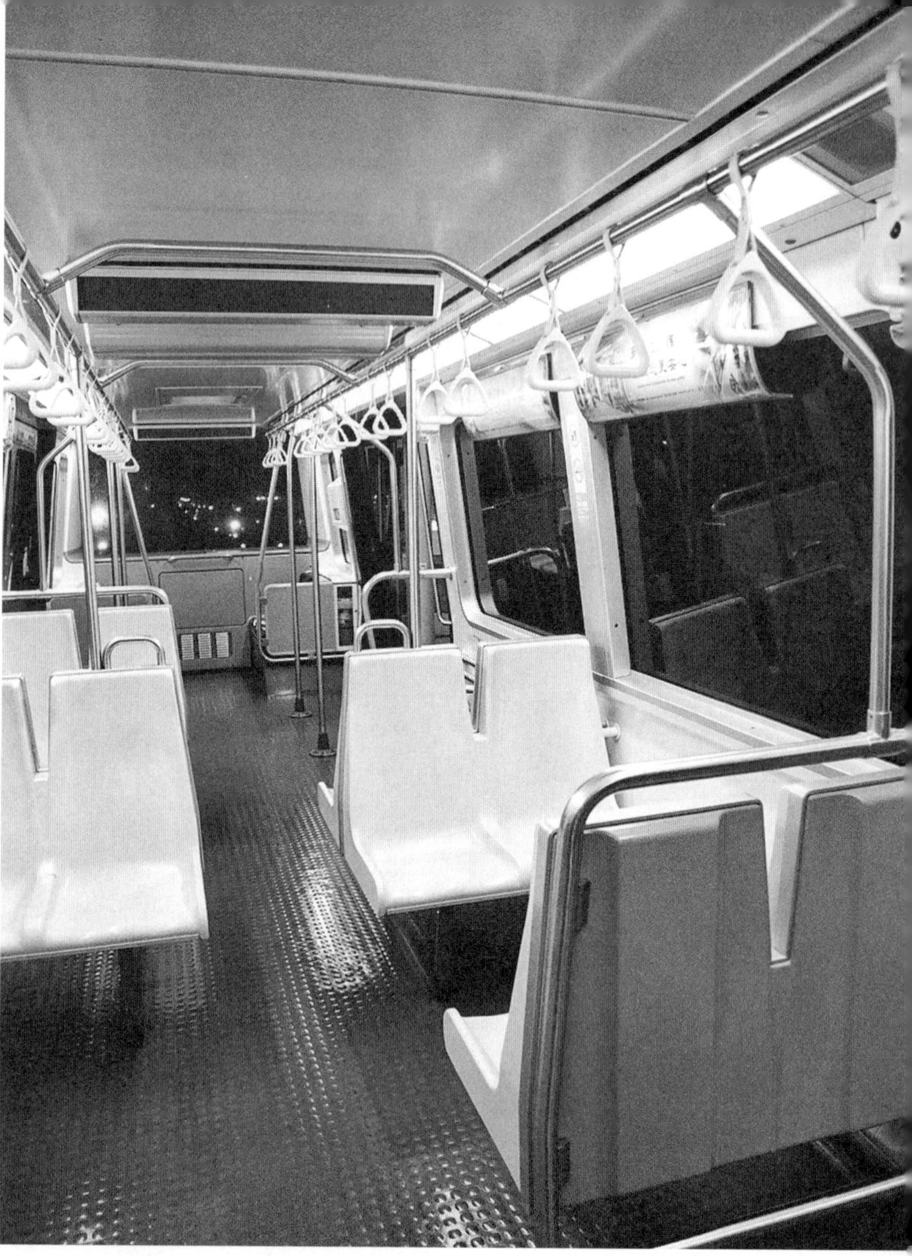

環顧空蕩的車廂，環顧空蕩的月台，我想，剛才的念頭不免多餘。陌生的兩人，相互信賴的共行一段夜路，這美好，本身即已圓滿，不需任何蛇足的接續。

坐上捷運，我繼續等待車子開動，仍然只有我一人。環顧空蕩的車廂，環顧空蕩的月台，我想，剛才的念頭不免多餘。陌生的兩人，相互信賴的共行一段夜路，這美好，本身即已圓滿，不需任何蛇足的接續。而再幾分鐘我們都將各自回到自己幸福的家。夜深了，家人都在等我們回家。

這是一個奇妙的夜晚。生命裡許多情懷在我們日漸老去的歲月裡不知不覺遺忘、丟失。我們習於競逐爭勝，開始不耐等待；我們怯於信任人性，開始爾虞我詐。熱忱、情緒、期盼、表露真我……，這些年輕時不斷揮灑的本質，漸漸蒸發，無影無蹤。我們的生命變得乾枯、無趣，卻自以為穩重、智慧、成熟。這是一個奇妙的夜晚，讓我重新感受昔日的種種情懷；而我知道，我將等待那原來的「我」的返回。

——原載二〇〇四・九・九《聯合報副刊》

故鄉・他鄉

客舍并州已十霜，歸心日夜憶咸陽。無端更渡桑乾水，卻望并州是故鄉。

二十年前，我開始講授「中國現代散文選」時，周作人〈故鄉的野菜〉是必講的篇目。對周氏那種兼容著含藏、平淡、閒散、博雅的風格，我總是愛不忍釋，怎麼讀也不厭倦；而隨著不斷向學生剖析周氏作品外在的表現形式與內在的襟懷情趣，我漸漸篤定自己是周氏的知音。現在想來，不免啞然失笑。蓋我當時雖能掌握周氏對故鄉紹興的情感，卻對他所謂「凡我住過的地方都是故鄉」一語中所蘊含的人性本質未能深玩，甚且將之視為「故作反語」的技巧——資質魯鈍與經驗貧乏之所造成的誤導，由此可見。一直到多年以後，我因屢次出國研究、講學，始對周氏此語的「真實性」有所體認。

在我原來的認定裡，我的故鄉有二個：一個是澎湖；一個是台北。前者毋庸置疑——自出生以迄大學畢業，我童年、少年、青年的歲月都在那多風的島上度過；所有生命中最無憂無慮、最歡樂、最悲哀、最惆悵的記憶都與它有關；我最親近的朋友，如今也還在那個島上。每年，一如潮汐有信般，夏去秋來時節，我欲乘風歸返的意念就特別強烈。後者，也理所當然——大學畢業以後，深造、成家、立業，在台北這個盆地都市，一晃眼，待了三十年。人生有幾個三十年?台北怎麼可能不是我的故鄉?對我而言，澎湖、台北，一個是我永恆依戀的家園；一個是我辛苦營造的家園；其間差異，不過如此而已。

近幾年來，我有緣在京都住過三個月，在漢堡、布拉格各住過一個月。一個月或三個月，都不是長時間，但與路過、旅遊不同的是：因為有必須做的工作，所以你可能每天要搭固定的班車，走固定的大路、小路，回固定的住所；因為起居衣食需要張羅，所以餐館、超市、麵包房、洗衣店……，不能不尋覓、比較。最終，你漸漸融入這個城市，成了居民的一份子；漸漸，你覺得它們好像也是你的家。在漢堡，我知道那裡有好吃的三明治、價廉物美的白酒，也知道如何搭免費的渡船到鄉間去。在布拉格，我熟悉小巷裡不同風味的各國食物──包括最富家常味的中國菜，也熟悉那兒的攤販市場。而在京都，感覺更為異樣。降霜飄雪的早晨，我在窗前看相同的小學生、年輕的女子準時出現，上班上學；傍晚，我到木門緊閉、生了火爐的小食堂用膳，碰到的面孔終由陌生而熟悉。後來搬了住所，有了一應俱全的小廚房，三餐很少在外頭吃。每天固定時段，我在附近的商店裡穿梭。自然的，那家超市的魚肉好，那家超市的蔬果好，那家菓子店的麻糬好；那家料理店的壽司好，我全瞭若指掌。逡巡於每一個食物攤前，我和那些家庭主婦一樣「斤斤計較」，仔細計量著如何討到便宜。在京都，我曾這樣生活過；當時，全然不覺得自己是個外人。

當然，我畢竟未視京都、漢堡、布拉格為我的故鄉；但我也無法斬然的視它們為他鄉──這三個城市和我亦曾流連過的倫敦、巴黎、米蘭、羅馬，以及蘇格蘭、威爾斯，分量絕不相同──這是一種奇妙的感情，而我終於明白周作人話語的意涵了。

唐人賈島有一首七絕，題為〈渡桑乾〉，詩云：「客舍并州已十霜，歸心日夜憶咸陽。無端更渡桑乾水，卻望并州是故鄉。」賈島所書寫的人物境遇當然與周作人所云不同，但刻畫出人在一地生活久了，他鄉也會變成故鄉的這種心理、情感則並無二致。

我因此想到，近一甲子以來，我們「美麗之島」上的子民有多少人和周作人一樣的感受！又有多少人和賈島一般的情懷！這裡早已是他們落地生根、眷戀不離的家。什麼是他鄉？什麼是故鄉？孰為主？孰為客？誰又有權利以悖逆人性的意識型態加以判分呢？

——原載二〇〇四．九．二十三《聯合報副刊》

市場與廚房之外

三十年來，在鍋鑵杓盆之間，我一點一滴享受照拂、關愛、寬容的滋潤。

三個月前，妻不慎扭傷了足踝，嚴重到裹上石膏，必須拄杖始能勉行寸步。三個月來，每個週六的早晨，我拿著妻寫的菜單，和兒子兩人到市場買菜。走進市場，我完全依照指示，一樣一樣買下去，絲毫不敢擅作更動，彷彿小時候幫媽媽買東西那樣乖乖聽話。菜單並不複雜，理應看過一遍便牢記在心，我卻每買一樣，就拿出來再看一遍，腦筋如凍結的冰柱，一點記憶的能力也無。有時碰到攤子易主了，或者要買的東西賣完了，或者竟只是妻漏寫了欲買的數量（如魚肉的斤兩）或種類（如蔬菜的名目），我便六神無主，躊躇著、躊躇著，該不該隨興所之，自作主張？最後，終究是打電話回家請示。而對攤販們隨口提的問題，也總是不知如何回答，比如：賣雞腿的人問，去掉的骨要不要包回家煲湯？賣雜貨的問，要小磨麻油還是胡麻油？所有的攤子都忙碌著，也都無暇等我的回應；在熙來攘往的市場裡，我像一個茫茫然呆立的木雞。

菜買回家了，開始整理。豆腐要泡水，里脊肉要切塊分裝，青菜要套在塑膠袋裡放進冰箱的抽屜……，妻一一叮囑著，我一一照吩咐去做，好像剛拜了師的學徒，唯唯諾諾，不敢稍有差池。而當做飯的時間來到，我和兒子併肩奮鬥，切菜、注油、調味，戰戰兢兢，如臨大敵，又不時足履雜沓，交換位置，把原本還算寬敞的廚房弄得侷促不堪。更狼狽的是，若二個爐子同時煮上東西，我們就像取杯水以救車薪的蠢蛋，手足無措到宛如手舞足蹈的丑相，看了直教人發噱。

對自己這樣的笨拙，我是感到訝異的——這不正是剛結婚時的妻的寫照嗎？買菜、做飯，於我原是熟稔的小技，結婚以前「茶來伸手，飯來張口」的妻，不還是由我帶入門的嗎？曾幾何時，角色怎麼不知不覺就逆轉了呢？其實，這幾年來，我不斷發現自己獨立生活的能力愈來愈弱，飲食的口味愈來愈唯妻為尚；偶爾一人在家數日，總是冰箱門開了又關，關了又開，面對層層堆積的食物，永遠不知吃什麼好，也不知如何烹調。由此看來，這三個月的笨拙，原是其來有自，不足為怪的；我對妻的依賴固早已深重不可移易矣。但奇妙的是，一向厭惡依賴的我，對此竟充滿了恬然幸福的感覺；三十年來，在鍋鏟杓盆之間，我一點一滴享受照拂、關愛、寬容的滋潤；我終於斷定世間所有的「主義」都是偏執的；所謂「伴侶」，乃是用他們最溫馨的方式表達自己的真心與真情。

不僅如此，有兒子參與的市場與廚房經驗，讓已許久缺乏互動的我們，彷彿親密的夥伴；「烹小鮮若治大國」，我們還不曾如此共同攜手經營過「偉業」呢！這樣的過程，讓人一方面體會到「媽媽」的平凡與偉大；一方面對差能步武追蹤之，漸漸有著成就的喜悅；而在妻的坐鎮指導下，終於端上一桌飯菜慢慢享用時，我們發現，似乎從未曾如此真切的品嚐到「家」的味道呢！

三十年來，在鍋鏟杓盆之間，我一點一滴享受
照拂、關愛、寬容的滋潤。

如今，妻的腳可以慢慢行走了，兒子也回到學校，我又恢復了忙碌。暮色中燈火明燦的廚房裡，妻忙著重返她原來的角色。我靜靜走到旁邊，似熟猶生的幫東幫西，不為別的，只為珍惜那美好的經驗，只為貪戀那美好的感覺罷了。

——原載二〇〇四・十・七《聯合報副刊》

玩偶與寵物

這隻狗兒讓一個空蕩蕩的屋子像個家，是這隻狗兒讓獨在異鄉爲異客的遊子差解孤寂；而我同時也確實體認到寵物所以爲寵物，是由於牠們能與人心靈感通，全無猜忌。

在我成長的過程裡，沒有玩偶，也沒有寵物。那個年代，物資匱乏，人們忙於衣食猶自無暇，貓固然絕無主人，狗也多用來看門，牠們的裹腹，只能靠時時等待人們的殘羹剩飯，俗話說的「狗吃屎」是確然有的，而且還頗常見；在這樣的環境裡，「寵物」之名與其概念，自然完全無法想像。至於玩偶，那充其量只是小女孩的玩意兒。也許緣於父母的寵愛，她們可能擁有一個塑膠材質或粗布縫製的洋娃娃。在當時的我看來，日日把玩著娃娃，且對之喃喃言語，是無聊至極的舉動，心中充滿了不屑。

這樣的童年經驗，影響我至深且遠。數十年來，我從未養過寵物，總認為，與其養狗，不如愛人，畢竟這世上還儘多吃不飽的人。尤其看到洋婆們擁寵物而眠，帶寵物置裝、上美容院，餵食牠們吃維他命、鈣片，甚且指定寵物為其遺產繼承者，我永遠感到不可思議，直以之為病態；「親親而後仁民，仁民而後愛物」，古有明訓，曾幾何時，這道理怎麼顛倒了？至於玩偶，在我心中也從來不曾翻過身。說它是玩具，卻不具一般玩具的「動」

每個玩偶像個嬰兒；誰能不喜愛嬰兒呢？它讓孩子們在懵懂中自然喚發起人性的本質。

感；說它是擺設，卻也無一般擺設的「美」感；它似乎什麼都沒有——除了不變的形體與表情。對這樣沒有「生命」的東西，我永遠覺得虛矯、幼稚。

然而近幾年我的觀感漸漸有了改變。看到友人十歲的女孩狂戀著Beanie Baby；看到平日沉默寡言的她每得一個不同造型的Beanie Baby，就露出如陽光般璀璨的笑容，我開始覺得好奇，不免拿起這些玩偶仔細端詳、把捏。玩偶的造型多是各式各樣的動物，由於材質選擇得當，它們神態各具、栩栩如生，而且一逕流露著單純、無邪的表情；觸摸起來柔軟、細緻、彈性，又讓人備感溫暖、心安。我因此在想，這些玩偶是否觸動了人性某些幽微的部分呢？它是否既是一種「渴望」，也是一種「本質」？它莫非綜合了體貼、信賴、依靠、忠實、善良、純潔等美好的性情？質言之，每個玩偶像個嬰兒；誰能不喜愛嬰兒呢？它讓孩子們在懵懂中自然喚發起人性的本質；它讓成年人在朦朧中隱約自覺自我的價值，並且想起已然失落的若干美德而心生嚮往。於是在每次出國的旅程中，我開始揀尋Beanie Baby——當作禮物送人，也當作家裡的一份子珍惜。

至於寵物，由於我周遭的朋友、學生、親人漸漸幾至無人不談貓經、狗經的地步，甚且為了貓、狗，不出國、不應酬、不結婚，遂讓我省思到此中應該大有深意。日前我因公赴大陸，順道探訪已多年獨自在彼岸打拚的姊夫。盤桓三日，我看到他在公司嚴謹工作、嚴格管理、不苟言笑的形象；也看到他在家時不停逗弄那二個月大愛玩的黃金獵犬，陪牠戲耍，幫牠磨牙，教牠不能亂咬；為牠用心變化食物，並且不厭其煩的擦拭、撿拾其糞便——這樣溫和、細心、慈藹的形象——而這是我從來不知道的姊夫的另一面相。從姊夫身上，我頓然發現是這隻狗兒讓一個空蕩蕩的屋子像個家，是這隻狗兒讓獨在異鄉為異客的遊子差解孤寂；而我同時也確實體認到寵物所以為寵物，是由於牠們能與人心靈感通，全無猜忌——這一點與玩偶之如嬰兒並無二致，卻比玩偶猶多一層「回應」的能力；我終於明白寵物被人們視為最好的伴侶，固非無因。

現在，每次回家，看到沙發上、椅背上趴著、躺著的Beanie Baby，有獅、有虎、有貓、有犬，肢體形態彷彿自能變異，黑色的眼睛卻都眨也不眨的凝望，我就覺得屋中充滿了熱鬧、愉悅的氣氛。然則美中不足的似乎只差一隻狗了。要不要養呢?我還猶豫著,但我知道,我會認真思考這個問題。

——原載二〇〇四・十一・四《聯合報副刊》

晨起喝粥

日日晨起喝粥，我但願能永遠享受這份除素樸原味外別無其他的恬然自安。

單純的、平淡的、不稀又不稠的熱燕麥粥，不唯重映我早已遺落、不留殘跡的童稚時的幸福；復能彷彿我中年以後企盼安詳、沉靜境界的心情……。

一個花草圖案的大瓷碗，二匙燕麥片，半碗煮沸的開水，放進微波爐中微波一分鐘——這樣一碗不稀不稠的燕麥粥便是我多年來每天的早餐。

不要誤會妻在虐待我，也不要誤會我是清教徒，更不要誤會是為了減肥。人總是在漸漸年長的歲月裡，漸漸發現自己真正的追尋——我之以燕麥粥為早餐，亦無非此故罷了。當然，剛開始吃燕麥粥，是因為燕麥高纖又營養（然則原是馬吃的），佐以煎蛋、麵包、蘋果，也算豐盛的早餐；如果再拌入肉鬆或榨菜肉絲或芹菜牛肉末，更可稱美味一道。但漸漸的，我就這樣捨棄了眾多的滋味，獨愛品嚐單純的、平淡的、不稀又不稠的燕麥粥。

剛煮好的粥呈淡極的褐黃色，中間一小圈泛著如奶油的白沫邊（許是熱度較強的緣故），麥片已柔軟如棉，卻未至糜糊地步，氳氳熱氣飄出一股微微香味。此時以調羹略攪二、三下，徐徐啜之，清而濃、薄而郁的暖流緩緩順舌而滑入胃，全身登時溫熱起來，那感覺真是無限美好。

記憶中沒有太多吃粥的經驗。小學時，父親早出晚歸，恆給我們兄弟姊妹一人一塊錢，自己買早點。我那時總是到街口的糕餅店，買一塊甜極的米糕（中間還有一層細碎的芝麻糖霜），和著開水一口一口的吃著。後來才知那是我長年胃痛的原始病因。上了初中，最常吃的早餐是油炸咖哩麵包——而這還是傷胃的。至於高中吃什麼，已然全無印象，想來無非仍是福利社裡的垃圾食物吧？那一段日子，早餐桌上一鍋熱騰騰的稀飯、幾碟可口的小菜，於我是不能想像的奢侈。記憶裡最深刻的是，大學聯考結束，我北上會晤多年不見的好友，住他家中數日，日日晨起，總有剛起鍋的炒蛋、青菜，以及花生、醬瓜、豆腐乳，和滾燙的稀飯等著我們，於是一整天的心情都是愉快的。我開始明白，一碗熱粥於我必是一種生命中曾經存在而今遺落忘卻的幸福。

等到蟄居台北以後，有一陣子，夜裡開完會，我喜歡到專賣清粥小菜的店裡消夜。但那粥總是不熱，數以十百的菜色又不免喧賓奪主，而店裡的客人復龍蛇雜處，完全尋覓不著我要的感覺，漸漸的也就不去。學校邊門外有一家著名的廣東粥品店，它的及第粥、皮蛋

漸漸的，我就這樣捨棄了眾多的滋味，獨愛品嚐單純的、平淡的、不稀又不稠的燕麥粥。

粥、鮑魚粥，口碑不壞，但摻了太鮮的湯頭，吃來總覺得味道不對。最令人無可奈何的是，在這個家中所有成員日日都不能不忙於自己「工作」的年代裡，一鍋熱粥、幾碟小菜的早餐，終究還是無法想像的奢侈。

幾年前，偶然的靈感，我們買來極細的燕麥，初始以爐火煮食，加上洗鍋洗碗，不免仍覺費時。後來改用微波，鍋是不必洗了，但時間長短、麥片分量、水溫高低，都不易拿捏，煮出來的自然未必可喜。所幸經過反覆試驗，終於掌握到微妙的分寸，而今只消一分鐘，就有暖和香滑的粥可以慢慢啜食，欣慰之餘，自有幾分得意。

單純的、平淡的、不稀又不稠的熱燕麥粥，不唯重映我早已遺落、不留殘跡的童稚時的幸福；復能彷彿我中年以後企盼安詳、沉靜境界的心情。日日晨起喝粥，我但願能永遠享受這份除素樸原味外別無其他的恬然自安。

——原載二〇〇四・十二・三十《聯合報副刊》

偶然與必然

面對偶然、必然如此變化莫測，相倚相伏、相激相成的人生，我們最好的做法是平心靜思，真誠以對。

十餘年來，生命中種種人、事的經驗，加上對更早歲月的省思回憶，讓我深刻感受，人生無非是偶然的累積吧？

年初，父親動了一個不算小的手術，住院三十天，我們早已習慣了的生活步調，一下子全亂了譜。那種惶然、躁慮、紛雜、昏沉的情緒，真是難以言傳，彷彿掉落在一個窈冥的黑洞中，看不見、摸不著，進退猶疑——而這始料未及的一切，都緣於一次又一次的偶然。

去年秋天，父親偶然地被誤診肺部有疾；偶然地就繼續在這我們從不曾去過的醫院裡出入了四、五次；最終雖然轉赴首屆一指的教學醫院確定無恙，偏卻偶然地碰到熟識的心臟名醫，熱心地加了號、做了檢查，判定應裝心律調節器；然後又偶然地發現父親直腸腫瘤，經過評估，終究送進開刀房。如今手術之成功早已顯示其效益，但我仍處在應接連串偶然的喘息未定中，狼狽不堪；至於後續還會有什麼樣的偶然？自然是無從逆料，也無需逆料的。

我因此想到，我一生中最重要的兩次考試——大學與研究所，也與偶然的巧合分不開關係。那兩次考試，我的總分都是三九三分，而三九三分恰正是我就讀系、所的最低錄取分。其實前者實分三九二點五，四捨五入始得三九三——那個校系，是父親同意我就讀的文學校的最後志願，不必多，只要少考零點五分，我便進了軍校，則我的一生絕非今日之面貌，殆無可疑。就後者而言，倘若少考一分，我便名落孫山。也許讀了別的研究所，也許還是在大學裡教書，但生命中種種的內涵，也絕然會迥異其趣。三九三這個數字，本身並無意義，而此一總分在分科分題評閱過程中其實也充滿隨時變易的可能，但它偏偏就形成了我生命之途的主軸、軌跡，此中種種偶然，真是何等奇妙。

我相信每個人生命中都有與我類似因不斷的偶然而牽動、轉變，形成的種種風景。我進一步想的是：除了偶然，生命是否也有必然的因素？甚至於，偶然其實是否也是一種必然？

據我個人體會，生命除了因點點滴滴的偶然積累所致，影響我們成就什麼樣的人生的最大「必然」因素，恐怕就是「個性」了。個性有強有弱、有曲有直；雖說置於各式各樣的生命情境中，其利弊得失未可一概，但基本上，仍然舉足輕重的決定著一個人的生命樣態。人生比較無奈的是，這種「必然」因素碰到「偶然」機緣，後續發展更難預卜；這時所賴的唯有自我理性的清明與感性的平和——二者細膩斟酌，充分發揮，始能獲得較為無憾的結果。而百百千千的偶然也固非沒有必然的隱約跡象，畢竟人情、人事往往在無聲無息中暗暗蘊蓄，使人無感無覺、無知無見，終則在偶然的機緣下，驀然呈顯，遂令我們訝異、欣喜、悲憤、傷心，其實冰凍三尺，非一日之寒——這樣的偶然，誠意名之，應屬必然。每一個生命來到這世界，都是偶然的，因此，人生由偶然串成，也是理所當然。但生命的孕育又都緣於兩性必然的愛，則生命的風景遂亦必有必然的成分，甚或某些偶然實為必然。至於人的個性必然影響其人生之經營，但此一個性之形鑄，實又充滿種種偶然、必然的因子。面對偶然、必然如此變化莫測，相倚相伏、相激相成的人生，我們最好的做法是平心靜思，真誠以對。

——原載二〇〇五・二・二十四《聯合報副刊》

移居

不斷易屋，即不斷有新居可住，有新風景可看，有新環境可品；然則生活裡即不斷有新意、新味可尋，如此，單調枯窘的日子乃可以常生新局、新象。

三十年來，我只搬過兩次家，對住在都會裡的現代人而言，這次數想必絕不算多。我是個不愛搬家的人，個中因素，殆緣於二點：一是由於懶與畏懼。畏懼是不言可知的——搬家前的整理布置，搬家後的生活調適，都是頭痛的事；尤其現代人搬個家，像變了個身世，所有的資料統統消磁，一切重新開始，那種麻煩，想來就覺可怕。至於懶，許是生性裡隱藏的一部分。其實，我對所有的事都是勤奮的，除了搬家所必須做的——就這一點而言，我常認為自己是一株植物，種在那兒，就植根在那兒，不願再動。當然這懶和畏懼，有點像孿生兄弟，彼此間不免有相倚相伏、相生相激的關係；換言之，也許出於「懼」於搬家的心理，遂至更「懶」於搬家，亦未可知。至於另一原因，則繫於我大學以前從未搬過家那種根深柢固的認知情境。記憶裡，我一直住在同一個地方，我一直只住過一個地方。那是一幢木造的二層樓房，樓上樓下各有五個房間；每個房間各住了一戶人家，用共同的廁所、共同的浴室；至於廚房，當然是沒有的，家家都在居室門口的走廊上燒飯，卻從沒有人擔心會燒掉房子。樓裡的光線很差，天花板上的公用燈泡，又永遠只有十燭光，我不知道大人的感覺，童稚的我們卻覺得整棟樓因此彷彿一座好玩的迷宮，乃成天如群鼠般上下奔竄，也從沒有人因此摔傷。樓前有一方空地，遊戲、打球、看海、種菜，都在這兒，唯雞鴨踱步其中，到處拉屎、到處啄食，是我們最大的困擾。我住在樓房的斗室內，約莫十年光景，雖不算長，卻含括我自童年至青年，那最真樸、最可珍的階段；而居住的條件即便如此不堪，生命裡最鮮明、有趣、美好、愉快，乃至痛苦的記憶，卻都與它切不斷血脈相連。我想，或許因為這個緣故吧？讓我覺得「安土重遷」是最好的自我安頓——唯其如此，生命裡曾經有過的人與事才可能具體、真切，而生命的書寫也才可能留下若干永不褪色、磨滅的章節。

這樣的心理、個性、認知，數十年來不曾改易，未料近日卻因極偶然的緣由，讓我產生憬然新異的體會。

的確是偶然的。偶然的，領悟目前所居終非我有；偶然的，發現快快覓窩終為要事；偶然的，就這樣非常認真的開始看屋；而最偶然的是，知道了協助看屋的朋友，三十年中竟然搬家十次。初聆此訊時，我瞠目結舌，直覺不可思議，但漸漸辨其思維，亦覺有理，甚且可愛。在他們的觀念裡，不斷易屋，即不斷有新居可住，有新風景可看，有新環境可品；然則生活裡即不斷有新意、新味可尋，如此，單調枯窘的日子乃可以常生新局、新象。再從經濟角度衡量，除非社會不安定，否則適時換屋，既免折舊，復可增值；至於搬家之苦，也全然不是問題，只要能捨得無用之物，免去堆積之累，又何苦之有？坦白說，朋友的看法，確實讓我內心有一種溫潤的喜悅——那種喜悅像冰封的河水

我終究還是不捨目前家居周遭的雜樹雜花，不捨此處的春蟲夏蟬秋月冬雨，而一時間，我亦不可能幡然移去我重遷的觀念，改變我固執的亟欲留下可感人、事的企圖。

開始潺潺，像幽閉的闇室透進陽光；那是一種久違的喜悅，彷彿年輕時，突然領悟某種事理情境的舒暢自在。

雖則我終究還是不捨目前家居周遭的雜樹雜花，不捨此處的春蟲夏蟬秋月冬雨，而一時間，我亦不可能幡然移去我重遷的觀念，改變我固執的亟欲留下可感人、事的企圖。但從朋友的思維裡，我畢竟看到一種時時向前、時時求新的更輕鬆、活潑的生活態度，也理解那絕然是一種可取的自我安頓方式。我想，這就夠了。世事無非境隨心轉，我知道自己從此多了一種新的選擇；而由此悟入，敷衍生發，生命乃自然具備各種豐富面相，莫不可欣。淵明〈移居〉詩有云：「鄰曲時時來，抗言談在昔」，「過門更相呼，有酒斟酌之」，「閒暇輒相思，相思則披衣」。我突然領悟到，那種嚮往，即在今日，也並非不可能的，端視我們自己的心態如何罷了。

——原載二〇〇五·四·二十一《聯合報副刊》

靜夜讀詩

時間的蔓延拉長與整體的省視觀照終將使「價值」與「美」的真相鮮然呈現，無能隱蔽，而世間萬物莫不如此！

已記不清有多久不讀詩了。總認為自己早過了讀詩的年齡，憂愁與快樂、浪漫與豪邁，這種種屬於詩的氣質，俱被日漸蒼老的歲月磨蝕殆盡，於是見到詩，不免就自慚形穢起來。加上自己恆覺稟賦中缺少讀詩的慧根，何況記憶裡的確有些詩是那樣讓人挫折、自卑，自然而然的就更怯於讀詩了；我因此發覺自己的不讀詩，顯然多少帶了點逃避的味道。然而世事難料，過去幾個月裡，因著授課的需要，我不得不重拾半世紀以來的詩集，品鑑推敲；更沒想到的是，竟然尚能不時產生一些全新的體會，心中又不免浮現沾沾自喜的滿足——

這對根深柢固認定不再能讀詩的我而言，是一種幾乎不可能重來的、無限美好的經驗。

每個周三的晚上，是我專心讀詩的時刻，大抵從亥時讀到子夜。有些詩本是昔日耽溺的，讀著讀著，少年的情懷如跫音的回響，再度從甬道的那端清脆傳來，胸中不覺波濤洶湧，我因此確認自己的心終究是溫熱可感的。有些詩則昔日晦然難懂，而今竟句句可辨，意象、章法、結構、旨趣，俱面目清晰，宛如拂去塵灰的劍匣，雕鏤浮現，其跡線圖案之美如此曖曖含光，我因此體會生命的遷轉無時不能昇華自我的心靈與智慧，乃有著

在娓娓訴說之中，我看到的眼神，有些是了然共感的；有些則猶疑待索；有些更懵然無覺；而有些卻漫而不經，充滿自是的淡漠。

久違的那種自覺成長的喜悅。有些詩昔日以為平淡無奇、瑣碎淺近，而今讀來，終於明白那本是生活的真實，眾所同然，千古不易，因此具有永恆動人的力量；尤其詩人泠然平靜觀想、平靜迻說，自饒情致理趣，莫不可親的表現，乃最耐人咀嚼玩味，其引發啟示，如飲白水、如聽風聲、如坐幽篁、如食菜根；這時我就想，一葦渡江之感，莫非如是？當然，有更多的詩是從未讀過的。倘若初見滿眼陌生，則不由不正襟危坐，字字沉吟，其情竟如臨淵履薄，我因此欣慰自己的莊慎敬肅，幸不曾恃老而怠惰；而倘遇見之如故者，則自與之反覆交疊心緒，互映衷曲，於是方寸之間迅即織就一片錦繡，我因此發現自己的善悟易感，亦不曾因老而遲鈍。這種種的再驗，一一於深夜孤燈下層層展現；背景不變，周遭墨幃永遠四垂，窗外樹影永遠迷離，萬籟俱寂，唯有心的熒然，經由詩，不斷熠熠，閃耀生輝。

詩篇的再驗如此，然則詩人的再驗又如何呢？我終於深刻認知到，加入了時間的蔓延拉長，加入了整體的省視觀照，「價值」與「美」的評騭是無情的，「價值」與「美」的肯定更是何其艱難。我不斷陷入痛苦與欣悅的矛盾、掙扎中，因為眾所同然的定評定位，竟然如此容易拆解重構。空靈淡泊者原來不乏虛矯；遺世忘情者原來難棄塵緣；滿紙西調者原來情歸古典；富麗弘密者，原來炫耀才學。而更與前此認知大異的是：奇者不奇，平者不平，難者不難，易者不易。至於所謂「後出轉精」，則更無必然性，乃清晰映見進境的腳步是遲緩的，而典範的更迭替代更無由得求。我想，這不是才人不足的問題，乃更見證精整、明朗、圓足、純粹等等詩的本質，永遠是詩人絕應善加把握的課題，固不可須臾離之。而我當然亦深自警惕，做為一個讀者，甚或做為一個評者，復當如何謹慎的、謙抑的、持續反覆的看待每一篇作品，以及每一個作者。

在過去的幾個月裡，我曾經如是每周一個夜晚帶著上述種種的體驗感悟欣然入夢，夢並不因此酣然而飽、滋然而甜，但翌日講課的心情卻是篤定堅實的。在娓娓訴說之中，我看到的眼神，有些是了然共感的；有些則猶疑待索；有些更懵然無覺；而有些卻漫而不經，充滿自是的淡漠。我繼續娓娓述說，盡我應盡的責任，心中兀自篤定堅實，一點也不擔憂。我知道，時間的蔓延拉長與整體的省視觀照終將使「價值」與「美」的真相鮮然呈現，無能隱蔽，而世間萬物莫不如此！我因此兀自堅實篤定，一點也不擔憂。

——原載二〇〇五・五・五《聯合報副刊》

翼翼歸鳥

對大部分的生命而言，流浪、逃避、荒廢、迷失，都是不可免的過程。但無傷的！

「成長」最大的好處，是讓我們在日益積累的年歲裡，漸次發現內心真實的體認。那些體認也許林林總總，卻無一不與自我生活中各式各樣的人、事密切相關，從而亦自分明映現出一己性情的流轉變化——其結果，往往是自己愈能理會平靜、平和的滋味，同時亦宛然了悟生命中真正關心、真正追求的鵠的——那種感覺，無以名之，大抵就是一種單純的篤定與充實吧？

我第一次有這樣的體認，已是二十五年前的事了。那時我剛踏入職場，正遭逢生命中初度的困頓——工作的表現愈受肯定，便愈招惹無謂的嫉妒與排擠，乃經常莫名的置身是非牽扯的核心，竟無寧日。有很長的一段時間，我常懷憤憤、焦慮的情緒，不免質疑自己的信念與選擇——那些從小被教誨的先賢遺風遺訓，碰到猥瑣的人性，原來如此寸步難行。然而我終究不願放棄自身所肯認的格調與原則，於是決心調整生涯的軌跡。我知道，這樣的調整將使生命的風景全然改觀，且復充滿了不可預測的變數以及分明可見的坎坷周折。但我仍然堅信，非如此做不可。因為前述奇突起伏的情緒，以及因之而生的質疑，竟幫助我第一次清晰的看到內我深處的本質。我乃明白，如果一遇橫阻，即順波隨流，與人迴旋，那個我便不是我；然則即使隨之而來的是荊棘盡除，無往不利，一切也都是虛假而無意義的。世間之物，莫不可變，唯自我純然的本質不可或易。這樣明確的體認，對我爾後處世態度的影響是巨大的；而這樣的體認卻也不斷在爾後的歲月中反覆印證，如油彩的層層加上。一直到今天，我仍不免面臨各種得失、取捨的思辨艱難，但我終究無疑，坦然信守貫徹那唯一心安理得的答案。

多年以後，當我重讀〈歸去來辭並序〉，心中不由竊喜。我想，淵明所謂

「質性自然，非矯厲所得。飢凍雖切，違己交病。嘗從人事，皆口腹自役。於是悵然慷慨，深愧平生之志。」也無非就是在風波詭譎的人世中，經由不斷屈從、摸索、迷失，而終於對自我的真實有著深刻發現與堅定不移的確認吧！那種心靈的境界，亦難名之；或許只合用雨過天青、透澈澄明庶幾可以譬況。

然而，人生實難，智慧的領受尤難。在生活匱乏之虞已無，而一點點微不足道的虛名又為人所言不由衷的奉諛時，我發覺我們很容易便又陷入自是傲岸的偏執——那大體是中年、後中年的時期。那時，我們會以當下必、固之我做為矜矜自許的我；那時，繼續發現內心真實面相的感悟將隱翳桎梏，甚且消失；那時，除非再一次一次遭逢結結實實的開示與衝擊——如冷泉沐體，如僧侶撞鐘；或除非自我深思探索的本能忽遇春風，如冰川融解，渙然流動；否則，我們終究將辜負昔日種種的努力，讓一切因成長而得的體認煙消雲散。

過去二年，我曾經歷類如前述的迷惘、困頓。和二十五年前的情況相比，完全不同。沒有任何外來的排撻干擾，我竟自懷疑是否仍應獻身此生以來唯一的選擇。幸好，午後斗室中的覽樹冥思，夜晚燈影、霧影渲染下的信步漫遊，乃至擦身而過的識與不識者的問候寒暄，都讓我備覺不捨與親切。尤其在走了三十年的長廊裡瞥見倚坐窗櫺的年輕身影，彷彿從前的自己；在伏了二十年的斑駁桌前恍見埋首書中的華髮花眼——既是師長當年的形貌，復為自我如今的寫照；於是，我終究堅定的確認，這裡是我無能離去的、唯一的「家」。

我想，對大部分的生命而言，流浪、逃避、荒廢、迷失，都是不可免的過程。但無傷的！淵明〈歸鳥〉有云：「翼翼歸鳥，馴林徘徊。豈思天路？欣反舊棲。」〈飲酒〉又云：「勁風無榮木，此蔭獨不衰。託身已得所，千載不相違。」重要的是，我們終需明白自己可棲的枝何在？終需記得適時踏上歸返的路，絕不瞻顧猶疑。

——原載二〇〇五．五．十九《聯合報副刊》

單純的熱情

當一個人在象牙塔的知識堆中鑽求愈久，就往往離簡單眞樸的人性愈遠，也從而怯於乃至全然忘卻如何縱任表現自我本然的熱情。

走出餐館的大門，謝師宴上同學的喧嘻、歡笑聲，如暗夜細微的風，在身後漸飄漸遠。不容易的！五年披星戴月枵腹上課的日子，終於要畫上句點、冠上方帽，怎不令人欣喜雀躍呢？也難怪今天晚上他們這麼興奮，這麼High！謝師的誠意當然毋庸置疑，但我想，更多的是藉此給自己一點肯定、一點慰勞、一點慶賀吧！我很高興我終於還是來了。原先不斷躊躇著、度量著要不要來？即使臨到傍晚出門前，還仍然猶疑著，一班四、五十人，教過的、認識的，不逾十人，我究竟要不要來呢？卻完全未曾慮及：領受他們的好意、分享他們的喜悅，同時表達由衷的祝福與期許，本即是身為老師的我分內的事。唉！其實已然很久很久了，每年的謝師宴，我總是同樣的瞻顧心情，計較著自己曾否教過這個班，從而反覆思量著自己是否該當出席？坦白說，我厭惡這樣的心理與思維——這不是我本然的性格，也不是我平素的處事態度。我不知道何時變得如此拘謹無趣，卻分明記得剛開始教書時，不是這樣的。我為自己漸次失去單純的、順性的體貼與熱情感到悲哀。而今晚的氣氛讓我重新體悟到：所有畢業同學，就像場上拚賽的球員，當艱苦勝利來到的一刻，他們希冀的無非是家人師友熱情的擁抱——不論親疏遠近，給他們一聲真誠的喝采，就是我們該做的，也是輕易可表的一分心意。

是的，單純、順性的體貼與熱情久違了！半年以前，我突然收到一個已在大學任教的學生捎來的問候，提到當年他選擇深造被迫放棄工作時，我在教室外的走廊上對他說：「有什麼需要幫助，記得來找老師。」這份關心，他至今感念銘記。對這件事，我早已不復記憶，卻因此陡然驚覺，自己似乎已二十年

突然想起許地山《空山靈雨》中說的：「有淚就得盡量流；有聲就得盡量唱；有苦就得盡量嘗；有情就得盡量施；……」是的，而今而後，我將珍惜上天賦予我們的珍寶──那單純的體貼與熱情，並且努力順性而施，不再矯厲，亦不再忸怩掩抑。

未曾表露類似的心意了。我因此又想起，日常生活裡，受惠於人的不知凡幾——這其中包含了師長的提攜、朋友的義氣、晚輩的賣力，乃至萍水相逢的陌生者的溫馨情意。而自己又回應了多少呢？我們常常迂腐的自命正直清高；自認一切的回應都不免流為世俗的形式，於是有意無意抑制住原有的單純、順性的體貼與熱情。我們的心因此變得如漸枯的木、漸涸的井、漸渴的大地；我們的日子也因此變得乾澀無味，晦暗無光，更不說柔美、溫潤、輕快、朗麗的境界渺不可得。這幾年，我日益強烈的感覺，這似乎正是所謂的「知識分子」的虛矯。當一個人在象牙塔的知識堆中鑽求愈久，就往往離簡單真樸的人性愈遠，也從而怯於乃至全然忘卻如何縱任表現自我本然的熱情。那像極了翅膀退化的企鵝，只能搖搖擺擺的走在冰冷的南極，再也回不到天空翱翔——不僅可悲，抑且滑稽突梯了。

其實長期以來，在我心底一直有一幀溫暖美麗的畫面——那是三十餘年以前，我猶在研究所念書，某一個黃昏，我搭乘擁擠的公車趕去上課，因為提滿了書，無手可握拉環，只能隨著車子的忽停忽駛，狼狽的前伏後倒。這時坐在面前的一位嫻雅女子淡定柔和的說道：「我幫你拿書吧！」在那個兩性兀自言行多所顧慮的保守年代，更何況是素昧平生的芸芸眾生，這女子所表現的單純而順性的體貼與熱情，委實難能可貴。雖然我從來無能鐫記她的容顏，卻永遠對她的坦然大方備覺「感心」。長期以來，我亦不斷勉勵自己對人對事宜同這女子般的坦率真誠，可是卻一如前述，背道而馳，愈行愈遠。此刻，我在闃寂的夜色中感覺似有還無的雨意，緩緩踏車而歸，突然想起許地山《空山靈雨》中說的：「有淚就得盡量流；有聲就得盡量唱；有苦就得盡量嘗；有情就得盡量施；……」是的，而今而後，我將珍惜上天賦予我們的珍寶──那單純的體貼與熱情，並且努力順性而施，不再矯厲，亦不再忸怩掩抑。

──原載二〇〇五・六・二《聯合報副刊》

飯桌與書桌

一個「家」，最重要的兩張桌子，就是飯桌與書桌了。前者營造了家的圓滿與溫暖，後者則形成難以言傳的充實、沉靜的氣質——彷彿幽谷中的紅萼。

不論貧富，每個家裡都會有張飯桌，而在今日的台灣，每個家裡也大抵還會有張書桌。書桌、飯桌的功能不同，使用的時間不同，擺放的地方也不會相同，但在我幼小的年代裡，家家窮困，一張飯桌既供家人吃飯之用，也供孩子讀書寫字時用。那個年代已經很邈遠了，幾乎褪色的記憶裡，我和姊姊、妹妹總是席地圍坐那矮矮的方桌，默默吃著不辨滋味的晚餐，昏黃的燈泡懸吊在頭頂，父親的臉永遠是黝暗模糊的；至於讀書寫字，似乎只留下我煢獨一人的畫面而已。

直到我大學畢業，成了家，台灣經濟已然進入成長階段，我才擁有獨立的飯桌與書桌。每個傍晚，妻在廚房裡揮動鍋鏟，我則在旁遞西傳東，共同完成的晚餐，吃起來格外香甜。等到兒子出生、長大，多一個小人坐中間，飯桌上的菜餚豐盛起來，吃飯的心情也跟著多了一種異樣的篤實欣然。飯後，收拾乾淨，必然的續篇是，各人回到自己的書桌前，捻燈、打開書冊，進入多采多姿的文字世界——這是一天心境最寧謐的時刻。我到今天依然納悶著、感謝著，妻不知用什麼方法，竟能讓兒子安安靜靜的坐在書桌前，一筆一畫，完成他該完成的功課。而我亦漸漸深刻體會：一個「家」，最重要的兩張桌子，就是飯桌與書桌了。前者營造了家的圓滿與溫暖，後者則形成難以言傳的充實、沉靜的氣質——彷彿幽谷中的紅萼，又彷彿銀河裡瑩然自燦的萬星，一種偏屬知性的奧義自然在屋中瀰漫著、流動著。我不能想像一個家如果這兩張桌子前空著，該會是什麼樣的景況？

及至兒子上了國中，飯桌還是原來的飯桌，只是換了新裝，貼上灰白色耐

我但願能繼續享受這飯桌、書桌合而為一的情味，讓一間小小的屋宇充滿「家」的平凡、幸福，讓生活臻抵真淳無華的境界。

熱的美耐板；形狀也修成了橢圓形——那真是一張別致的飯桌，我敢說這世上絕不會有相同的第二張。至於書桌，我們把樓頂的瞭望台改成書房，請木匠做一張長長的桌子，每晚我跟兒子比肩而坐，共同讀書。五年的時光，我在這張書桌上完成我的教授著作，兒子則考上他理想的大學。然後我們搬了家，書桌搬不走，飯桌則陪伴我們一直到今天——這其中又歷經兒子當兵、出國，乃至學成返回就業。昔日的稚子早已長成為青年，昔日的青年則已不知不覺步入後中年，而昔日慘澹的家畢竟貽換為一座可安穩泊靠的港灣。這一切彷彿風水相遭，自然成文，如此理所當然，而其實這一切都不是容易的。每次我瞥見飯桌上的斑痕隱跡，總覺得那不正是我和妻三十年來深厲淺揭跋涉的印記嗎？

如今，我們每人都有一張漂亮的書桌，唯飯桌依舊無改。雖曾屢屢思予更替，終覺不捨。有趣而值得一提的是：不知何故，我竟日益荒廢我的書桌，我把所有原該在書桌上完成的事悉移至這張年邁的飯桌。接著，妻也常在這桌上練她的字、繪她的畫，桌子灰白的容顏，因此又添了墨瀋與粉彩。甚至，偶然友人來訪，也捨客廳沙發而圍坐此桌接待。我們驀然發覺，除了睡眠，一天中絕大多數的時光都在桌前度過；我們亦憬然感受，只要坐在桌前，便覺得親切、自在、心安、怡悅。

飯桌與書桌又合而為一了，但我深知固絕非童年時之一桌兩用矣。「見山是山，見水是水」，其始其終，畢竟形同而實不同，這中間有太多誠篤平實的心血，不可忽視忘卻。人生流轉遷易，哀樂起伏，其可珍可慰者，不過如此。我但願能繼續享受這飯桌、書桌合而為一的情味，讓一間小小的屋宇充滿「家」的平凡、幸福，讓生活臻抵真淳無華的境界。

——原載二〇〇五・七・二十八《聯合報副刊》

父親，請好好的走

一個人的一生經過那麼多的不堪，那麼多的無力，那不是軟弱，也不是迴避，乃是時代鍛鍊出來的一種特異的「堅忍」！

父親生於民國二年農曆八月十七日。他的少年、青年、壯年——人生中最美好的階段，卻正逢中國現代史上最動盪不安的時期。他中輟學業，投筆從戎，離鄉背井，捲入時代的漩渦，隨之浮沉。在他的生活裡，除了生離死別，還是生離死別。父親生在一個悲慘、不幸的時代裡，我不知道父親是怎麼熬過來的，但每次想起他這樣的一生，就有無以名之的椎心之痛。

不過，在那樣不堪的時代裡，父親也曾有過短暫的幸福、愉快、光榮的感覺吧？抗戰末期，他與年輕、美麗、賢慧、能幹的母親結褵；他在蘇州接受日軍將領的投降。照片裡的他，溫和、斯文的氣質中有掩不住的神采飛揚。

父親的後半生在寶島台灣度過。雖然相對而言，日子是安定的，也漸從困乏窘迫中臻至小康。但由於母親早逝，父親鰥居近五十年。這幾年我從他日益寡言沉默，以及與人之互動愈趨消極，驀然體會到他的心情其實是孤單寂寞的——而這樣孤寂的心顯然由來已久。我恨自己的體會太晚，終於造成如今我永不能彌補的遺憾。

父親於民國六十四年以不願再受群小之慍提前退休，來北與我同住約三十年，但我並不了解父親。我們父子間的對話太少，我一直認為我和父親是兩個性格截然不同的人；許多時候我不滿他太軟弱，面對問題總是迴避。我現在才明白，自己錯了。一個人的一生經過那麼多的不堪，那麼多的無力，那不是軟弱，也不是迴避，乃是時代鍛鍊出來的一種特異的「堅忍」！歷經那樣的一生，他不計較什麼，也不想爭辯什麼，除了堅決的隱忍，他又能做什麼呢？

我後來就從父親這樣的人格、身影上，體會到「隨遇而安」的另一種況味——只不過那當然不是悠然的，毋寧帶著深深的、濃濃的苦澀。

父親一生酷愛傳統文化、古典文學，尤精燈謎——這些對我有很深的影響。在我成長的歲月中，最興奮快樂的時光，便是每年元宵節隨著父親參加謎會，一次次的射虎而中，聽鼓聲隆隆響起的成就感了。但這快樂與興奮的時光並不長久，元宵謎會早已變了調，隨著父親的漸老，這一切都離我們日遠；種種熱鬧、溫暖的畫面終究只能成為記憶的一部分而已。

至於說到父親有什麼最與人不同的特質？我以為那就是「忠誠」了。他一生忠誠於他所共患難的國家、政府——雖然那個政府對他極不公平，殘酷的拘囿他終身潦倒於低層公務人員，不能盡其所長。但我想，他歷經顛沛流離，必然深刻體會到，個人榮辱事小，國家存亡事大，所以他從不怨恨憤懣。其次，他對母親的忠誠絕為世間僅有，母親辭世時僅三十三歲，遺言父親勿再娶，以免年幼的我們受苦。父親默默信守踐履，終身不易。我亦不能想像父親是怎麼熬過這四十八年的，只是因此確信，母親必然是父親此生唯一的摯愛。

人生什麼是偉大？什麼是渺小？命運作弄父親，從世俗的角度看，父親只是芸芸眾生裡平凡的一員，他的生命如萬里飄征的孤蓬，但在我的體會裡，父親自有他超絕的人性光輝，無人能及。

如果一切重來，我想父親會是鄉里中一個被人尊敬的教師、士紳，他的一生也就雲淡風清，平靜而愉快——而我相這可能是父親最希望得到的一生。不幸他生錯了時代！但他以他的堅忍順應這詭譎無情的時代，也艱苦堅定的挺過這詭譎無情的時代；我覺得這正是父親對命運所做的最有尊嚴的反擊。對父親的一生，我既有無限的心痛、不忍，卻亦有著至高的敬仰與至深的驕傲。

父親於民國九十四年十月一日離我們而去，享壽九十有三。照理說，齒德兼備，原無需悲傷，但我們終究無法遏抑內心的不捨與哀慟。唯一能讓我們稍感安慰的是，父親終於可以和母親相會了——而這一次相會就永遠不再分離。四十八年的睽隔太久太久！父親，請好好的走，高高興興的走，快快到母親身旁共享您們原該得而未得的美滿與幸福。死亡能隔絕的其實只是肉身，您和母親並不曾離開我們；今後我們的思念唯與日俱增，而母親和您的容顏亦將永遠活在我們心中。

——九十四年十月二十日焚祭父親

燈與書桌

任何片言隻字的訊息，父親從不丟棄，一一剪存安置。我突然明白，書桌抽屜裡所收藏的原是父親坎坷生命中希有的喜悅與慰藉啊！

進入父親的房間，那斑駁的書桌仍靜靜立於窗下，與往昔無異；不同的只是，原本太蒼白的檯燈，已然不知去向，此刻置於桌上的是移自我們臥室的床頭燈。

這床頭燈的燈座圓滿如球，光亮平滑，彷彿玻璃，又彷彿貝殼；燈罩如傘，低低的包覆住燈泡；燈罩、燈座一逕橘色，給人青春而溫暖的感覺。它是妻的嫁妝，已與我們共度三十餘年。三十餘年不是短時間，我們從青年而漸至老年，容宇眉髮間盡是歲月的蝕痕，但這燈，除了燈罩外層的塑膠膜終於有點泛黃並略生裂紋之外，那橘紅的顏色依然明燦。記憶中，當時的我還在拼讀研究所的學業，而妻的工作也全然沒有保障，我們辛苦地維持一個家，除了父母的支持關愛，就只有這座燈日日帶給我們溫暖與安慰。當夜漸深，斗室之中綻放出柔和的橘光，我們的心就能安定下來，不再惶恐，進而具體感受彼此珍愛、相互扶持的力量正從四面八方簇擁而來。尤其愈冷愈寂的冬夜，一切蕭索、蕭颯都阻絕在燈暈之外，我們年輕的生命因此從不頹唐，意志篤定的欣欣然期待著春天。三十餘年間，我們搬過兩次家，這燈始終在臥室的床頭，在最暗最深的夜裡，瑩然明示我們擁有的美好與甜蜜；三十餘年來，一步一腳印的走過，我們其實不覺有太多的辛酸，平心思量，恐怕都與這燈永恆的溫煦之光有關。

如今，這燈終於離開了它三十餘年來固定的位子，原因無他：一方面，妻睡前看書的時間愈來愈長，這燈不適合閱讀；一方面，自父親走後，他的房間太黯淡，我希望多一點鮮活的顏色，而橘紅正為不二之選。三十餘年過去了，

燈與書桌都是平凡之物，卻是我們生命中愛、信、體貼以及攜手努力的信物。端詳著它們，我知道數十年間與之伴生的哀、喜、欣慰、愧悔等種種情懷，永遠不會消失。

不能否認的，人事滄桑時而過眼、時而親受，身心不免俱漸老矣！此刻，較諸以往，我更需要這燈的照拂開示。那橘紅、那圓滿、那光澤，不唯見證我們經營生命俯仰無愧的曾經；也繼續砥礪我們昇華生命未來意境的用心——對我和妻而言，我深知，這燈是無可取代的。

至於那窗下斑駁的書桌，則年代更為久遠，自妻少女時代開始，一路陪伴著她。妻愛記日記、愛寫信、愛創作、愛讀小說——這一切都在這桌上完成。凝視著桌面的斑斑駁駁，我想，除了歲月的蝕痕、除了墨瀋，更多的許是妻喜怒哀樂心情的印記吧？而每一個抽屜裡收藏的自必也是妻青春的夢以及青春的生命吧？

結婚時，妻帶來所有新的家具，也帶來這張舊的書桌。與婚前相同的是，妻仍藉此案寫她的日記；所不同的是，卻也必須伏此案批閱學生的作業以及計算柴米油鹽的用度。而後，日記漸漸的間歇，甚至久久始能匆略記上幾筆——少女時代終究颺然遠逝矣，妻盡心盡分的扮演她新的角色。然後，不知何時開始，這張書桌移入了父親的房間。隨著月遷歲移，打開抽屜，進入眼簾的是：

牙籤、電池、指甲刀、萬金油、暮帝納斯、記事本、燈謎作品，以及疊放整齊的紙幣、信函、還有泛黃的照片——這書桌漸漸成為父親生活的縮影，泯然一體。每日傍晚我回到家中，經過父親的房間，總是看到他坐在床沿，側靠書桌看書寫字；我也發現，任何片言隻字的訊息，父親從不丟棄，一一剪存安置。我突然明白，書桌抽屜裡所收藏的原是父親坎坷生命中希有的喜悅與慰藉啊！這幾年父親日益衰老，這緊靠床前的書桌，彷彿臂彎，安穩厚實，讓我們對父親起臥的掛慮多了一層安心。如今，我們讓它與床的方位角度仍如往昔，只是移來前述的燈。望著窗外偶然來去的人影以及隨風搖曳的扶疏綠葉，心中之感，難以言說。

　　我其實明白這書桌何以成了父親的書桌。三十年前，父親早早退休來與我們同住，那時他極健朗，不時塗塗寫寫，卻少一張桌子。妻看在眼裡，不露形跡的把她鍾愛的書桌移入父親的房間，一伴就是一世。三十年來，我忙於一切繁瑣的事務，甚少晨昏定省，父親的飲食起居，全靠妻張羅照料，直至五年前我始驀然體認其中的辛勞，愧赧無已。然則，默立窗前的書桌，不正是默默行之、默默付出的妻的寫照嗎？

燈與書桌都是平凡之物，卻是我們生命中愛、信、體貼以及攜手努力的信物。端詳著它們，我知道數十年間與之伴生的哀、喜、欣慰、愧悔等種種情懷，永遠不會消失，而這些，勢必教導我更明白珍惜、付出、報答、完成的奧義。

——原載二〇〇六・十一・一《聯合報副刊》

輯二

腳踏車之夢

過年的記憶

那一幅幅紅紙黑字或紅紙金字的春聯，把年的喜氣、福氣全都點染出了；不管多麼寒傖的屋子，春聯一貼，頓時回過神來，甚且更添幾分古雅氣質。

有關過年的記憶，僅止於大學以前。

父親任職於公車處，年節期間是他最忙碌的時候。沒有女主人的家，從來不識年夜飯的滋味。我所記得的只是，挨家挨戶向長輩拜了年，歡天喜地的拿了紅包，最後是到父親的辦公室裡吃單位替他們準備的便當。在那個困窘的年代，便當的菜色遠比我們平日吃的豐盛，一邊吃著，一邊竟也有著喜悅、滿足的感覺。

那時島上的駐軍仍多，走到街上，到處是穿著便服的阿兵哥，電影院、小餐館人滿為患，馬路兩旁更多是擲骰子、推牌九的賭攤，並不見警察取締，大約是怕掃了過年的氣氛吧？此外，就是鞭炮的競放——只有在這個時候，大人、小孩，白天、夜裡，才都無分別；鞭炮聲不絕於耳，鞭炮的火花也燦然照亮荒冷的夜空。也許太愛鞭炮的聲響、鞭炮竄飛的姿影以及那火藥的氣味，童年的我對放鞭炮從無畏懼。有一年，拿了一個粗大的炮，好整以暇的點著，沒想到引信極短，還來不及拋出，就在手中爆炸。一時間楞在那兒，也不知痛。但從此以後，放鞭炮時便總是離它三尺，用香遙遙點燃；奇妙的是，興奮中多了緊張，過年的感覺反而更強烈了。

不過我最愛的還是看春聯、念春聯、背春聯。島上人家，無有不貼春聯者。我一家一家觀賞下去，最多的當然還是如「天增歲月人增壽，春滿乾坤福滿門」之類象徵庶民百姓最平凡誠篤願望的句子；父親則自出新杼，表現他自己內在的心情，如以杜詩為聯：「白日放歌須縱酒，青春作伴好還鄉」即是一例。那一幅幅紅紙黑字或紅紙金字的春聯，把年的喜氣、福氣全都點染出了；

那一幅幅紅紙黑字或紅紙金字的春聯，把年的喜氣、福氣全都點染出了；不管多麼寒傖的屋子，春聯一貼，頓時回過神來，甚且更添幾分古雅氣質。

不管多麼寒傖的屋子，春聯一貼，頓時回過神來，甚且更添幾分古雅氣質。那時上、下聯貼倒的極少見，彷彿家家都有知書達禮的人，彷彿整個社會都具高度的文化涵養。

年一直要過到元宵才結束。元宵節我到廟裡看滿滿的人們拿來還願的「米龜」，以及猜射燈謎。「米龜」以米做成綠蠵龜形狀，米色底，繪上彩線，味微甜，不僅好看，亦頗好吃。小者半斤，大者數百斤，襯在繚繞香煙以及搖曳紅燭下，莊嚴又溫暖，確有風調雨順、物阜民豐的吉祥之感。至於射燈謎，則因父親與三、四謎友恆為擔綱要角，我自小耳濡目染，頗有概念。射中謎底的獎品多是肥皂、牙膏、毛巾之類的日常用品，大獎也不過是電鍋、熱水瓶之類的東西，並不值錢。但謎題下，永遠人頭攢動，或默寫紙條傳遞謎底，雅不願人察覺；或急忙高聲喊唱，深恐為人捷足先登，示現眾生不同的性格、心理，極為有趣。小朋友則到處穿梭，亂猜一通，絕不赧然，亦顯示了最坦露而不修飾的人性。而當謎被射中，鼓聲咚咚擂起，歡欣、惆悵、羨慕……各種神情揉雜一片，那氣氛、那光景真是無比美好，難以形容。

上大學以後，恆在都市裡過年。空間遽然擴大，少了那份擁擠的熱鬧；春聯愈來愈少見，終至絕跡；鞭炮成了「安全鞭炮」，索然無趣，漸漸的，也就沒人再放；燈謎雖仍點綴，卻愈來愈無章法，出謎者率多三腳貓，謎的機趣纖芥不存，古味盡失矣。我曾不斷在市場中、寺廟裡，乃至都市隱密的大街小巷找尋年的感覺，卻終歸是徒勞而已。

於是有關過年的記憶，依然靜止停格在那多風的島上。

——原載二〇〇三・一・三十《聯合報副刊》

懷念復興園

復興園的醬爆青蟹至爲有名，肉質甜美厚實有彈性，遠非台北任一餐館可比。

對老一輩住在台北的江浙人來說，復興園絕對是他們熟悉的名館子。我第一次到復興園吃飯，約莫二十五年前，主人是大學長吳宏一先生。當晚究竟有那些客人，早已記不分明，只記得有後來擔任台大校長的孫震先生，以及台大歷史系的徐泓教授。我年輩最小，默居末座，那餐飯自然食不知味，印象深刻的是孫校長詼諧風趣、妙語如珠，當時心想：名學者、政務官，沉穩莊肅之外尚有如此風度，不免頓生景慕嚮往之情。

後來有一段時間，我上班的地點就在重慶南路，離復興園不遠，偶爾應酬，也會去那兒，但仍然不記得吃過什麼。然後，復興園突然從重慶南路消失了；然後，聽人說搬到敦化北路，換了個名字：「阿唐食府」（阿唐，是老客人對復興園老闆兼主廚的暱稱）；然後，又搬回重慶南路原址斜對面沅陵街內的巷子，仍叫「阿唐食府」。從這時起，我開始較常去那兒吃飯，也開始漸漸食而知味。母親是無錫人，不幸早逝，我自然無能記憶母親的廚藝，但或許是血液裡種種複雜因子作用的關係吧，蔥㸆鯽魚、油燜筍、雪菜百頁、豆板酥、蔥油芋艿……等等，恆是我百吃不厭的小菜。

然後，「阿唐食府」再度消失，漢口街上堂堂掛起「復興園」招牌。歷經十餘年滄桑，「復興園」終於回來了。

重新開張的復興園，真正老闆是客家女子林氏姊妹，阿唐「本尊」則常常坐在進門口的太師椅上，與熟識的客人打招呼。有時興起，也會下廚露一手。有一回承他厚愛，主動炒了二個小菜送我品嚐，一時備覺受寵若驚。林氏姊妹做生意甚有人情味，我去，與他們總以朋友相待，久之，無話不談，端上桌的菜當然較一般為細膩、有情意。於是，每次敬師或朋友歡聚，也總安排在復興園。復興園的醬爆青蟹至為有名，肉質甜美厚實有彈性，遠非台北任一餐館可比。其餘如酒釀油爆蝦、清炒河蝦仁、羗㸆肉、雞火干絲、乾炸冬筍、白果㸆芥菜、蟹粉魚肚、雪菜黃魚、沙鍋醃燉鮮……等，莫不使人食之心生幸福美好之感！它的小籠湯包、棗泥鍋餅亦佳，前者不遜鼎泰豐；而嗆蟹、臭豆腐等亦風味絕美。我很感動而喜悅的是一次請林文月老師及師丈郭豫倫先生在復興園吃飯，那時，郭先生已長居舊金山，他讚美道：「寄澎，你點菜很道地呢！」郭先生是美食家，得他肯定頗為不易。他曾帶我在通化街吃台灣小吃，喝蔘茸酒；在懷寧街吃潮州菜。我也曾喝他自釀松子酒，在他家中滾落桌下，終宵醉臥沙發不省人事。如今，這些情景都不可能重溫了。

復興園終究再度關門打烊。能否再起？我甚悲觀。這個社會表面上富庶，其實愈來愈失去家常而精緻的品味。我生也晚，「阿唐復興園」的真味不及深嘗，僅有的一、二次機會也無心體會；至於師長們在其間的風流蘊藉，則更無緣參與領略。但我所知的「林氏姊妹復興園」，美食之外，亦有美好人情——這包括她們崇禮對待她們的長者阿唐——這在人情澆薄的今日社會，亦屬難能可貴。復興園讓我有緣追索遺傳自母親而卻幾乎遺忘的家鄉情味；對復興園的自無知以至有知，也見證了我個人生命的若干軌跡，永留溫馨記憶。復興園過去了，一個時代過去了。我暫時用如此簡單的文字略加記錄；但我知道，他日我仍將以不同方式的書寫，記載我對它以及它所代表的人文風景的無限懷念，也希望有更多復興園的老朋友共襄盛舉，一塊努力把復興園的手采留下來。

——原載二〇〇三・五・七《聯合報副刊》

簡單純粹的年代

那是一個美好的年代，簡單純粹，希望盎然；沒有混淆，沒有錯亂，沒有困惑，沒有茫然，生活裡充滿了對明日的期待。

好萊塢影星葛雷哥萊畢克過世了，走得平靜安詳，一如他一輩子在銀幕上的形象：斯文淡定、瀟灑從容。

葛氏雖然得過金球獎、金像獎，平心而論，演技不算拔尖，他永遠不能演壞人，一如有些作家永遠只能寫溫馨小品。可是，這有什麼關係？世上的人那麼多，就讓別人去不斷變換角色、變換書寫方式罷！人的社會其實沒有那麼複雜；人心其實也沒有那麼曲折。「簡單純粹」永遠是令人嚮往的境界，也永遠是一種美德。

在我十幾歲的那個年紀，葛氏是我們一群愛電影的死黨心目中的偶像。我們整天津津樂道著他的電影，彷彿那是我們自己的演出。後來才明白，那種「著迷」，摻雜著對一種男性特質的憧憬、對枯燥學業以外美麗新世界的搜索，以及對自我快速成長的生命的幻想，甚至也許還摻雜了一點點張揚品味與眾不同的自詡。那是簡單純粹的年歲；一顆顆簡單純粹的心靈，相與枕藉著、扶持著。

而那個年代——六〇年代，也是個簡單純粹的年代：電影幾乎是人們唯一的娛樂，看一場喜歡的電影，直覺人生如此幸福美滿。夏日午後，懷著單純的想望，走進狹長、潔淨、寧謐的小小冰店，滿室空蕩，別無他人，凝目端詳那秀麗、嫻靜的長髮女子緩緩搖著刨冰機，心中彷彿有流水淙淙，冷冷一片，便覺人間無事、歲月靜好。那時唯一的擔心，是數學不及格、是留級；卻很清楚，除了勤加演算習題，不能存任何僥倖與不軌的心理。那個年代，師資水準參差，可是沒有人抱怨老師、抱怨學校，只知道自責自己不用功。那個年代，「同學」就是「一同學習」的兄弟姊妹，成績優者，大家景仰，沒有嫉妒；成績劣者，大家同情，沒有鄙夷。那個年代，遇到需要挺身相助的事，沒有人會猶豫；而受了幫助的人，除了長存感念，那可能視他人之助為理所當然？那個年代，人人都窮，家家食指浩繁，可是倘若誰家的父母有事遠行，孩子託給鄰居十天半月，不必擔心，一樣被疼。那個年代，路不拾遺，夜不閉戶，鎖是門的裝飾品，失掉的寶貝不是原地靜待主人找回，便是送進了警局失物招領。那個年代，物質匱乏，但人心寬和充裕，非己所有，一介不取。那個年代，大家專一努力地耕耘這塊土地的未來——政府非常有計畫的、按部就班的推動各種建設，發展經濟、提升教育；人們則心無旁騖的隨著政府的腳步劍及履及。總而言之，那真是一個簡單純粹的年代。是非、善惡、美醜、好壞，乃至什麼該做，什麼不該做，以及人我如何的準繩、事情與否的分際，莫不標準清晰，一目了然；沒有混淆，沒有錯亂，沒有困惑，沒有茫然。那樣的簡單純粹，讓每一個人活得敬謹，活得謙恭，活得心安，活得踏實。

在那個年代裡，十幾歲的我們，就這麼簡單純粹的愛著葛氏，愛著奧黛麗赫本，愛著《梅崗城故事》，愛著《羅馬假期》，愛著他們所代表的正直、誠實、美麗、溫柔、純潔。那是一個美好的年代，簡單純粹，希望盎然；沒有混淆，沒有錯亂，沒有困惑，沒有茫然，生活裡充滿了對明日的期待。

——原載二〇〇三・六・十八《聯合報副刊》

夜行

黑夜裡每一棵樹都嫻靜，每一盞燈都柔和，每一棟建築都溫暖。黑夜裡，穩如磐石的圖書館莊嚴深邃；黑夜裡闊如長河的椰林大道崇高偉大。

多年多年以前，我每月去台中上課兩次。授完課趕九點的「光華號」回台北，二個小時的車程，是當時最快的班次。夜行列車，燈火通明，卻教人覺得死白。乘客泰半歪歪斜斜的倒在椅內酣睡，除了輪子滾動的車音外，一切安靜。我從來無法在火車上入眠，劇烈晃動的車身也不適合閱讀。於是我總是默默的凝視車窗上映現的車內倒影，或者窗外不斷後退的模糊風景。倒影裡有時是風霜的側面，有時是斑白的髮絲，有時是埋在報紙裡臃腫的身軀；窗外則無非黝黑的丘陵，噤啞的流光以及布景般的樓宇房舍；二者都令我有隔世之感。我亦喜歡捕捉窗外快速移動的小站站名——一種耽溺遊戲機的童心。然而，任我怎樣的專注、用力、迅捷，永遠只抓得到如花似霧般、碎裂不成形的字跡，飄忽而逝。偶爾得幸瞥清，如靈光一閃，又如山徑中偶逢的山客，心中不免微驚微暖。對這樣的遊戲，我始終樂之不疲，卻分明又急切的盼望早早抵達我的終點——台北。我盡力咀嚼這種種況味，強迫自己去思索些什麼，感受些什麼。漸漸的，心中空無一物，彷彿漫流於太空中的一顆孤星。似乎是憂愁的，其實也沒有；或許是沉靜，是的！就是那種如夜曲低音和弦般的沉靜。那幾年，我用這樣的機會，讓自己維持心靈的纖細與敏感；讓自己體會生命的真幻與虛實；讓自己在愈來愈浮動、世俗的環境裡，知道如何尋回安詳、真誠與安定。

後來，高速公路開通了，我改搭國光號。昏睡的乘客依舊，不同的是，整座車廂闃黑如穴，駕駛無言，就在你眼前；車頭的燈宛如他的雙眼，定睛聚神，照著漫漫夜路。我蜷縮在椅內，驀然間不知身在何處，也不知這是怎樣的一趟旅程，可是一點也不心慌，願意在輕軟的顛簸中沉沉睡去。最愛看交流道附近灑下的一片昏黃；最愛看遠遠下坡路段迤邐而來的金龍銀蛇，最後碎成點點星辰。而我仍然利用這樣的機會，沉澱自己，檢視內在的靈明是否安好無恙。

如今，我已很少奔波，夜闌行車的經驗自然難再，取而代之的是日日子前時分的校園散步。黑夜裡每一棵樹都嫻靜，每一盞燈都柔和，每一棟建築都溫暖。黑夜裡，穩如磐石的圖書館莊嚴深邃；黑夜裡闊如長河的椰林大道崇高偉大。若遇微雨，更為美好。水漾漾的天地，「牽手」相隨，只宜與子共享。這時，崇高偉大、莊嚴深邃都不重要了，濕潤讓一切變得親切起來；親切成了雨夜最好的注腳。

我常想，人生該追求什麼呢？也無非是心安理得，也無非是親切真誠吧！從夜行的經驗裡，我體認到這樣的道理。而夜只是夜嗎？不是的。夜其實是我們在茫茫人海最易丟失的那個寧靜的角落。

——原載二〇〇四・八・二十六《聯合報副刊》

腳踏車之夢

「上學」彷彿山中的漫遊，而自己像一陣輕快的風，又像一朵自在的雲，吹過去又飄過來。

雖然家就住在學校左近，十年以來，我日日往還的交通工具一直都是汽車。有時也會暗自責備：「如此四體不勤！」但台北的夏日如此酷熱，台北的冬天如此濕冷，台大的校園如此遼闊，催促著我分秒必爭的事情又如此繁多！我總是如此如此的找一大堆理由證明走路、騎車兩皆不宜，為自己做冠冕堂皇的開脫。一直到去年暑假以後，為了裝點門面，學校的地貌改變了，停車位遽減，停車費倍增；繳了費也未必有格可停，而未停在格內又會遭到種種處罰——一言以蔽之，校方成了「政府」，教師成了「魚肉」。或許是基於對這種顢頇作法無言的抗議，我決定捨汽車就腳踏車；而如果遇到淒風苦雨的日子，我想，大不了安步當車罷了。

於是，從那時開始，我日日背著黑色的背包，戴著黑色的墨鏡，騎著銀色的車子，穿梭在校園中，如果太陽很毒，我就加上一頂缽形軟帽。我漸漸感覺，「上學」彷彿山中的漫遊，而自己像一陣輕快的風，又像一朵自在的雲，吹過去又飄過來。這時，我不免有些感謝學校的「暴政」了。沒有它，我不可能重溫睽違已久的少年情懷；沒有它，我的記憶也不可能回到那正要長大的時期。其實，擁有一輛腳踏車曾經是我「求之不得，寤寐思服」的夢想。也不知道為什麼開始學騎車的，只記得小學五年級時，班上突然就一窩蜂似的成了流行。下課的鈴聲一響，那怕只有十分鐘，大夥沒頭沒腦的往外衝，一個人扶住車子，一個人吃力的爬上車子，然後就這樣歪歪斜斜的邊扶著、邊騎著，踉蹌而去。往往是扶車的人已然鬆手，騎車的人並不感覺，安心的騎了很遠，待驀然發現身後空蕩無人時，陡然驚心，就摔了下來。所謂學騎車，其實就是在這種「心理」逐漸調整到可以安然無所「恃」中學會的；我因此明白世間許多事

如今我日日騎車徜徉在家與學校之間，彷彿重溫童年的樂趣，而畢竟是不同的——秋之流水取代了夏之浪花；悠悠自在取代了滿溢興奮——這是時間的恩賜，我內心充滿了平靜的喜悅。

情的成敗良窳，莫非繫此一「心」而已，跟學習「能力」沒有太大關係。讓我印象最深刻的是一位家中開飼料店的同學，他永遠不要人扶，總是昂首闊步、強悍果決的「拚搏」上車，屢仆屢起，絕無懼色。可以想見，不消幾天他就操控自如、來往如風了。驚羡之餘，我第一次感受到「意志」與「決心」竟有這樣弘大的力量。那個時代，腳踏車一如現在的摩托車，是交通工具，也是載物工具，自然沒有各種炫人的型式，高度恆為廿六吋、廿八吋，後座往往以鑄鐵改成大大的置物架；身高不滿一米五的小人騎在上面，有一點可愛，也有一點滑稽，但我們每一個人都快樂極了，從不覺得車子難看。那時我鎮日想的、盼的、念的就是得著一輛腳踏車，腦海中不停幻臆勾勒的總是騎著簇新腳踏車興奮、滿足的畫面。然則我這小小的期望，至今仍是落空的。在我漸老的過程裡，我領悟到，幼小年歲的渺小願望，若在當下未能實現，它就形成生命中一塊鮮明的缺角、空白，永遠不能填補，因為那個正在長大的階段飄逝了就飄逝了，一切都不可能重回。

我真的不曾給自己買過一輛腳踏車，現在所騎的也還是妻得的贈品。我不解為什麼童稚時那麼強烈的願想就這樣停格、塵封，甚至被遺忘。沒有悲傷、沒有激動。我想，也許是那個「連小小的小小的一枚企望都不能投入」*的年代，讓我們學會享受當下「企望」的美好感覺；學會不奢求「擁有」；學會「忘卻」。

如今我日日騎車倘佯在家與學校之間，彷彿重溫童年的樂趣，而畢竟是不同的——秋之流水取代了夏之浪花；悠悠自在取代了滿溢興奮——這是時間的恩賜，我內心充滿了平靜的喜悅。

*註：詩句引自方莘〈開著門的電話亭〉。

——原載二〇〇四・十一・十八《聯合報副刊》

坐公車

童年公車就像熱鬧的市井，窗外是無限寬闊的天地；而今的公車則像寧靜的扁舟，窗外是或明或暗的人間。

如果說我童年的快樂時光泰半是在公車上度過的，則一點也不為過。父親任職公車處，不上學的日子，我常隨父親上班。他公務繁忙，無暇顧我，總把我交給車掌，坐上不同路線的公車到處兜風。我的位子固定是司機右側最前面的一個。透過宏敞明亮潔淨的玻璃，目不轉睛地迎著撲面而來的風景——除了柏油馬路的黑，永遠是樹的綠、沙的白、天空與海洋的藍，以及石牆的斑駁——這些色彩構成我童年看不膩的繽紛。

那時的車掌清一色是男性，多半不足二十歲，每人肩個帆布包，裡頭有票本、票剪、零錢，脖子上掛個哨子。我看他們不時吹哨，指揮車子或停或駛；不時吆喝著剪票、售票，真是架勢十足。如果是中午時分，路線正好經過他們的家，往往我就被放下車，延至家中當做「鎮」裡來的小貴客款待。至今不忘的是一碗香甜的蕃薯湯，以及攤了兩個蛋的麵線。之所以難忘，倒非由於美味，乃是因為童稚的我對這些食物全無興趣，怎麼強吃也吃不完。成年以後我才知道，麵線雖然常見，但是對貧寒的農家而言，也非日日可享的食物；至於蛋，則更為珍貴——那是病人才有的食之無愧的權利。那樣的兩碗食物，其實蘊含了農家最淳樸誠摯的情意，於是難忘的印象乃翻染出一層莫名的感動。等到我再長大一些，車掌們都成了家，有的離去、有的轉為內勤，慢慢地，車掌清一色變成了女性，我坐公車兜風的歲月終於一去不返。大學以後，每次回家，總會見到幾位當年的大哥哥，生疏誠然不免，內心卻依然有著溫暖、熟稔的感覺——他們微有皺紋的臉，在我眼中仍是青春的輪廓；只不知在他們眼中，我是否也還是童稚的我呢？

蟄居台北，很長的一段時間，公車仍是日日必搭的，可是除了擁擠、狼狽、疲倦，沒有其他記憶。等到我自己買了車，漸漸地，公車完全淡出了我的生活——這樣的情況轉眼十餘年過去。我以為再不會與公車有什麼緣分了。可是隨著厭乘計程車的心理愈來愈強，以及一種說不出的奇異心情，有一天我從松山機場出來，並不走向排班的計程車，卻逕直地橫過馬路，搭上公車，沿著敦化北路、南路緩緩地抵達家門。當時正值夜幕初垂、華燈初上，車龍、行人、樓影、樹影交織成魅幻奇麗的光景，我目不轉睛地側首捕捉，一種

童年公車就像熱鬧的市井，窗外是無限寬闊的天地；而今的公車則像寧靜的扁舟，窗外是或明或暗的人間。

既陌生又親切，彷彿相同又似相異的感覺驀然而生。童稚時的好奇與興奮是沒有了，取而代之的是平靜的凝賞、隱約的體悟——對所謂生活、所謂生命的情懷。我想，童年公車就像熱鬧的市井，窗外是無限寬闊的天地；而今的公車則像寧靜的扁舟，窗外是或明或暗的人間。悠悠半世紀，我既如當年未變，亦已非當年而變，時間、空間播遷的奧祕無非如此。可喜的是，我曾一貫用心、努力的行來，變與不變都見證了真誠的自我以及智慧、修養日充的自我。

公車終於又回到我的生活裡來，那種悠然而行、恬然瀏覽的感覺真是無限靜好。

——原載二〇〇五・一・二十七《聯合報副刊》

牽繫

形貌易朽，但我欣悉一種生命中最重要的東西在我友朋中並未改變，甚且隨歲月之更迭，益爲純粹、自然。

夜裡突然醒來，屋外橙黃的燈光自窗簾的縫隙中滲透而入。這是一間逆旅，早晨離開之後，應當就不會再回來了。我靜靜的躺在床上，睡意飄然遠逝。這種中夜忽醒的現象，近來愈趨頻繁；莫非是一種日益衰老的徵兆？抑或是自我躁動的心作祟？早已過了慷慨激昂的年歲，不明白自己為什麼還是那麼容易憤憤。所以總是蓄意的盡可能退隱在安靜的角落；盡可能的內視，忘卻外界人事的種種紛擾；甚至，盡可能的進入回憶之中，重溫年少的美好。只有這樣，才令自己感覺，過往的一切，都還是值得的。

此刻，是我短短數十日中二度回到自己生長的地方。對其實毫無閒暇餘裕的我而言，這是不可思議的。難道，它與前述的心情有關嗎？

生命的體會確實無從逆料。十八歲伊始，我與這島的牽繫便漸漸疏淡模糊，當時的心裡卻都沒有絲毫悵惘、哀傷；我像遠颺的帆，一心只嚮往著更大的陸地。直到多年以後，我攜著童稚的兒子回來，看他在沙灘奔跑、嬉笑，光陰的帶子霎時快速倒轉，我乃第一次明白，什麼是「眷戀」，什麼是心底最樸實真切的情感。但也許還是太年輕了，這初次的體會仍如潮汐般起起落落，無能鐫刻具體鮮明的痕跡。

然則，奇妙的是，這以後，自己竟如候鳥般年年飛返一次；我相信，它畢竟植基於那初次的體會。對生命而言，發生就發生了，存在就存在了，縱使痕跡隱約，也絕非浪花激起後的白沫，旋轉一下就消失了。

不過，我竟然一直有著莫名的空洞之感。我想，或許太短暫的歸返與太多的友情，把日夜渲染得過度熱鬧、過度繽紛，致使我無暇重尋昔日的記憶。我因此決定此番前來，必要擁有絕對孤獨的時光。今夜，我婉謝一切邀約，踽踽獨行於闃寂的街巷。城鎮的風貌早已改變，但東北季風籠罩下的蕭索寥落絲毫未變。我細細咀嚼那蕭索寥落，感知到心情大異：昔日充滿著砥礪的意氣，而今只覺無悲無喜。偶然瞥見似熟悉似陌生的鄉音、人影，不自禁的低首閃躲而過，我怕碰到叫不出名字的同門，自慚於自己已離他們如此遙遠。徘徊於當年穿梭其中的石坂窄弄前，不知何故，竟舉步維艱。在這靜極的夜晚，我體認除了歲月，一切似乎未變；然而，歲月變了，其實一切就都變了。記憶固然猶在，只是記憶中的一切，或者消聲、或者變形、或者褪色，都不可能重來了。

我悒鬱的踱回逆旅，盥洗、就寢，猶自不甘，卻終於在如嘯如號、如訴如泣的風聲中昏然睡去。

晨起，我收拾衣物，離開。陽光下，對孕育、成長我年輕生命的城鎮再一次端詳凝視。我確定，當年的感覺不會再回來了。可是我也同時確定，那「眷戀」、那「心底最樸實真切的情感」依然未減——不為別的，只為昨日以前種種的經驗，證明我那所有總角之交的情誼永遠如此朗豁、豪邁、熱烈。形貌易朽，但我欣悉一種生命中最重要的東西在我友朋中並未改變，甚且隨歲月之更迭，益為純粹、自然。由是，歲月雖變，但因情誼之歷久彌堅，一切終歸是不變的；由是，我乃體認到什麼是生命的曾經，什麼是記憶的核心，什麼是永恆的義蘊；由是，我愉快的準備午後的演講，並與高采烈的期待夜晚美好的良朋宴飲，再也不覺得空洞。

——原載二〇〇五・三・二十四《聯合報副刊》

懷念

爲什麼當一個人略歷滄桑之後，記憶總把美好留下，從而引發他不斷的懷念過往？

人，到了中年以後，似乎「懷念」的心情便與日俱增起來。

懷念慘綠的歲月裡，那簡單、純粹的情懷；懷念困窘的環境裡，那守望相助的熱忱；懷念一切自由都不充分的年代裡，那人人心懷理想，拚命追求的執著。就前者而言，我曾日日省吃儉用，挖空心思的存下幾塊錢，只為到那寧靜的小店，點一碗紅豆冰，靜靜端詳長髮的大女孩默默刨冰；而後默默吃完，默默翻閱雜誌，默默付帳離開。狹窄如帶的店內，往往只有默默遙隔、各據一隅的兩人。除了天花板上吊扇慵懶的轉動，別無聲響。那是夏日午後無欲無求的

「鑑賞」。自覺彷彿唯如此始無愧為青春浪漫細膩敏感的少年。而說也奇怪，那竟然可以是一種砥礪的力量，砥礪著自己一心一意要考上一所好大學；甚至在對未來全然茫昧無知的情境裡，竟也已訂下繼續讀研究所的目標。這一切都是如此簡單、純粹，不需任何理性的思辨。由是，那時的快樂是朗豁的快樂，那時的哀愁是沉鬱的哀愁。雖然在成人眼中，它們都太微不足道，甚且多少出於刻意的醞釀。可是對簡單、純粹、年少的我而言，一切都是真誠、莊嚴，而義無反顧的。

就次者而言，在我年紀更小的時候，家家食指浩繁，大人卯力工作所得，僅能勉圖一家溫飽，而或猶不可得。雖然如此，卻絕不吝對左鄰右舍、親朋好友慷慨以待。我清晰記得，因著父親陪侍母親北上住院，有很長一段時間，我寄宿於叔叔、伯伯的家裡。全然無異的照顧，讓我絲毫沒有寄人籬下的感覺。到今天，腦海裡還留存著一幅鮮明的圖畫：黃昏時分，玩得一身汗水泥塵的哥哥、弟弟、姊姊、妹妹，和我，被叫喚回「家」吃飯；那聲音、那叫喚著小名的聲音，與母親幾無兩樣。至於後者，那種體認大抵是上了大學以後，一直到成家立業之初——距今亦已二十五年有餘。那時，各人理想的鵠的各不相同，文學的、藝術的、社會的、政治的……，不一而足。於是，或篤然自信的磨鍊著技巧，深化著主題、內容，博觀約取，融舊鑄新，果敢於自我獨特面貌的完成；或慨然抛卻原本平順安好、穩定發展的前途，寧陷自己於一條風雨波折起伏不斷的險巇不歸之路，不斷挑戰體制、衝撞體制，非僅全無懼色，抑且煥發著一種從容、凜然的神采，讓人打心裡萬分感佩。時至今日，我仍然不能充分明白，何以那簡單純粹的情懷、那守望相助的熱忱、那追求理想的執著，在過往的年代裡，可以如此被普遍發現、普遍擁有?而這一切的一切，似乎都不可能重來了。

事實上，讓人懷念的還不只這些。一碗濃濃豆香的豆漿，一件車工細緻的衣裳，一棟絕不滲漏的屋宇，一個明敞潔淨的車廂……，生活裡這些大大小小理所當然的衣食住行「品質」，似乎也都早已難求難覓，令人怦然驚覺一去不返的東西未免太多太多了。

或許你會說，過往何嘗都是美好的!我當然知道，它也有著種種不堪的場景。但我關心的是，為什麼當一個人略歷滄桑之後，記憶總把美好留下，從而引發他不斷的懷念過往？我想，那多少表現了人們對現實世界的省察，以及對自我心性變遷的反思。在意識的底層，潛藏的許是人們不斷渴求所處社會更加祥和溫暖的願想吧？我於是明白，中年以後，「懷念」的心情與日俱增，並非一般嘲謔所謂的「老去之徵」，其中毋寧有著更深刻的意義。然則，正值青春的男女，或許不妨設身體會上述種種「懷念」的內涵以及其中的情味吧？

——原載二〇〇五・六・三《聯合報副刊》

輯三

該被讚美的人

該被讚美的人

他們的工作沒有傲人的「光環」，也沒有「熱鬧」、「變化」、「名利」可言，但他們高高興興的做，把他們的「熱」、他們的「喜」帶給他們接觸的人。

這個社會裡，有些人是該被讚美的。不因特殊的義行、卓越的成就，乃因他們日復一日、年復一年，靜靜的做著那麼平凡，甚且枯燥無變化的工作，卻永遠維持熱忱、歡喜——這樣的精神與態度，讓我覺得可敬；換成是我，我想大概是做不到的。

這半年來我常跑台大醫院做物理治療，物理治療的效果通常極為緩慢，病人與醫者同時欠缺成就感。對病人而言，需要高度的耐心、信心與意志力；對醫者而言，除去上述之外，還需要無限的關懷心與歡喜情。台大醫院物理治療的硬體、環境都不算好，但治療師的用心、愛心以及專業素養則令人感動。我不斷看到這些具有國內外「高學歷」的醫者隨時隨地帶著笑容，用開朗的語氣、細膩的動作，指導病人、服務病人。他們必須同時照護多位患者，而每一患者所需的時間往往經年累月，每一患者所做的動作又幾乎一成不變，如果你明白到這一點，你就不難體會他們的可敬了。我常自問：是什麼樣的「教育」，使他們完全踐履了一位「醫者」的ethic-code？又是什麼樣的「內在」使他們默默追蹤醫者的典型而不求名利、不求掌聲？

而我的另外一次經驗是這樣的：

約莫也是半年以前，我突然收到國稅局大安稽徵所寄來的退稅稅款。錢雖不多，卻讓我喜出望外，原因無他，十餘年來，只有被「勒令」補稅的「痛苦」，何曾有被「仁厚」退稅的「喜悅」！我是薪水階級，毫無逃漏稅可乘之「隙縫」，所以補稅，或因扣繳單位疏忽，或因計算機按鍵錯誤，有一回竟因前者之失由我承擔「罰款」，「痛苦」之外更增「氣憤」，所以我一貫主張，乾脆你國稅局「放單」過來，要我繳多少，我就俯首貼耳乖乖繳多少，何苦折騰升斗小民，又耗費龐大人力稽核？這一次竟然有稅可退，不免心生好奇，納悶此稅因何而退？經過自己半天「稽核」，發現大概因為學校一次所得收回未被更正所致。然而仍不解的是，若果真如此，核退金額應兩倍於此。於是去電詢問，對方「不假思索」答以：還會再退。我滿心歡喜地靜靜等待，過了五個月，毫無消息——根據以往對「衙門」的經驗，我既無訝異也無失望，本想就此作罷，但不知怎的，右手卻拿起電話，撥去再問。這次換了個小姐，她問得仔仔細細，還要了電話號碼（包括手機），答應重調資料，數日後回覆。她的語音並不柔美，但寬和爽朗，讓人覺得親切、可靠。一週、二週過去了，訊息仍無。我還是不訝異也不失望，心情平靜如止水，似乎一切本然如此，不免開始嘲笑自己的無稽。突然電話響起，那寬和爽朗的聲音透過話機：「何先生，你的資料重新檢查過了，是該再退稅，不過不太多，我把細目傳真給你，若有問題，再聯絡；若無問題，就這麼處理了」。

這一筆退款我迄今尚未收到，但它一點也不重要了；而我也相信不久就會

「錢歸原主」。長久以來，我雖氣憤我們的稅法稅制，但我「同情」我們的稅務人員，因為我深切了解他們工作的瑣碎乏味。這位小姐與眾「不同」的是，即使瑣碎乏味，但她把責任區內所有「陌生人」的事當作「自己」的事處理——對這樣的工作態度，我想，「同情」反成褻瀆；而奇妙的是，我的心裡除了敬意之外，竟滿是無以名之的「快樂」，那個燠熱的星期五真是今夏最美好的一日。

物理治療師也好，稅務小姐也好，他們的工作沒有傲人的「光環」，也沒有「熱鬧」、「變化」、「名利」可言，但他們高高興興的做，把他們的「熱」、他們的「喜」帶給他們接觸的人。比起社會中眾多更有地位、更有名望的人，我認為他們遠遠更值得讚美，更值得尊敬。

——原載二〇〇二・七・三十一《聯合報副刊》

酒党小記

酒党中人，多富性情，爲君子人。其「尚人」不「尚黑」，縱然舉世皆濁，堅持我必獨清，故作「党」而絕不作「黨」。

台灣有所謂「酒党」者，名聞遐邇，經十餘年之發展，已成島內第一大党，無論歐、美、日、韓、港、星，乃至中國大陸，俱有其「党羽」，蓋酒党重實不重形，凡識酒趣、知酒味、好酒道、具酒德者，皆我類也，故族繁不及備載。酒党之創始者——即党魁，乃台大中文系曾永義教授，其精研戲曲與俗文學，出口成章，言必有物，與一般所見党魁「不學」而「有術」者懸絕；其為人嶔崎磊落，雄豪放曠，有王者氣概，亦與一般所見党魁錙銖必較、睚眥必報者迥異。故雖自謂萬年党魁，永不退位，而萬眾欽服，絕無異議。酒党之組織大抵完備，党魁下設副党魁，再下則有文傳、青年、婦女、海外等部，各地又有支党部。其主事者，出出入入，上上下下，去職、復職屢見不鮮，而皆歡然無所間；爭位、卡位之事於酒党可謂天方夜譚。酒党中人，學界、政界、商界、藝文界，乃至市井小民、畎畝之農莫不有之，人人平等，絕無階級意識——此亦與一般所見政党相去甚遠。

酒党創党之初，党魁仍當盛年，善飲白酒，百杯不醉；今則党魁已捨白就紅，雖不可同日而語，然猶時時奮力一飲而盡，維干雲之氣於不墜，亦可謂「老驥伏櫪，志在千里」。創党之初，島內正值黃金歲月，人人歡愉、家家富足；今則光輝燦爛難再——自党魁飲酒之盛衰，正可見島內政經之盛衰！然党魁不勝飲乃時間推移所致，固自然之理，非人力可回；況體氣雖衰，心志仍健——今之從政者又何說？

党魁之酒力雖漸不勝，唯同輩寶刀未老者，所在多有；後起之秀亦代有才人。前者如名家楊牧，楊牧善飲啤酒，可連飲數小時，不動如山；後者如許悔之，悔之能混飲，愈飲而經史典故滔滔上口，精言妙語亦不絕如縷，二人共同見證酒党之薪火相傳、英俊輩出。

至於我與酒党之關係，則似密還疏、似疏還密。蓋我略能飲而不宜飲；極愛善飲之人，卻苦乏其豪氣，時恐一己拘謹，稍掃眾人之興。據我長期觀察，酒党中人，多富性情，為君子人。其「尚人」不「尚黑」，縱然舉世皆濁，堅持我必獨清，故作「党」而絕不作「黨」——僅此一端，可知其精神、旨趣矣。今酒党成員愈益增多，以我之見，此一則反映不願沆瀣一氣者固不在少；一則反映逃於「醉鄉」者亦頗為眾；二者俱有古潔人隱士之意。酒党為一柔性、隱性之党，然其存在、發展，綜合上述，知自有其奧義在；其復可供今之政黨「對鏡」之用，故特略記其要，以示讀者。

——原載二〇〇二・八・二十八《聯合報副刊》

新選學的典範

好的選集因此是動人而歷久彌新的，它富有文學、歷史、美學，乃至文明、人性的多重意義。

最近，坊間突然不約而同的出版了各式各樣的選集，小說、散文、新詩均有。這當然是個好現象，也許意味著純文學的回春亦未可知，但對我個人而言，毋寧更希望，它同時也表現了「選集之必要」已成為普遍的體認。長期以來，我一直認為，「好的」選集是必要的，也是重要的。不僅僅是因為在這個資訊爆炸的時代裡，以有涯之生追無涯之知，其終為窮殆焦慮，乃是必然的結果，所以我們需要好的選集，俾以幫助我們減輕心理上的負荷；實在更因為，好的選集本身代表了一種系統、一種詮釋、一種評價、一種歷史的真相。它一方面是客觀的、理性的、知性的整理與分析；一方面也是主觀的、感性的、自我信念的執著與呈現。好的選集因此是動人而歷久彌新的，它富有文學、歷史、美學，乃至文明、人性的多重意義；它也因此絕然可以成為一圓滿自足，具獨立生命的學術體系。依此而言，中國歷史上最彰彰昭著的典型允推《昭明文選》，而昭明太子蕭統正因此文選之編，影響之永恆乃不僅遠逾其父其弟，抑且睥睨文學史上各名家；衍及趙宋，猶且「文選爛，秀才半」，確實使人肅然起敬。

或云《文選》為一巨著，其如此固宜。實則一般普及讀物亦非不能有如是境界，《唐詩三百首》即是好例。三百年來，此書下自垂髫小兒，上至白首老翁，莫不吟誦觀覽，歷代唐詩選集中讀者最多，當推此書。籍籍無名之蘅塘退士孫洙，乃掩王安石（《唐百家詩選》）、王士禛（《唐賢三昧集》）等赫赫之士，正因其有獨到眼光、獨到思維、獨到體例，且能「雅俗共賞」之故。

民國以來，五四知識分子，為創新典型、立新文學，亦頗有選集之編，然隨國勢頹唐，紛亂迭起，加以沉澱未盡，乃漸飄零，論其影響，殆如花落水面，唯淡淡漣漪而已。五〇年代以降，台灣作者秀出，書寫成就不乏可與「五四」相頡頏者，然選集之務，殊遭輕忽，逮楊牧出，始毅然矯之。

楊牧以一代詩家，竟先戮力編輯散文選——此殆來之於其對中國文學大傳統之深刻認知，尤緣於其對中國文學傳統最優且異於西方文學傳統者厥在「散文」一體之深刻體會，其《現代中國散文選》抉五四以來新散文體類為七典型，觀點雖未必盡善，然仍可謂顛撲不破，廣為識者景從；其《現代中國詩選》揭櫫七十年中國新詩不可忽視、不可詆侮之現代質地（modernity），以為乃三千年漢文學傳統中一無先例之突破，亦儼然卓識，鏗鏘有聲。其精審細酌，編《周作人文選》、《豐子愷散文選》、《許地山散文選》、《許地山小說選》，吾人取與對照其自身創作趨向及風格特色，益可見其內在隱約的特殊懷抱——那是一種異於一般美文作者的深刻懷抱：揉和著對理想的憧憬、價值的執著、智慧心靈的嚮往與尋覓、狂狷的體認，以及淑世的熱忱。既成此四編之後，乃再有《徐志摩散文選》、《徐志摩詩選》之編，回歸其自身最本質的「詩人」氣質。此外復有《唐詩選集》、《葉慈詩選》——或見證其對中西古典的尊崇；

或見證其始終不變的鯁介與慷慨。其各選集復皆撰有序跋，披露其心情、感想、詮釋、評價，既可做抒情美文讀，復可稱極具洞見之學術論文，體氣特異，引人動人之致，無出其右。

要之，二十年來，楊牧實致力於一種新選學的實驗與模鑄，欲期建立一種新選學的典範。此種新選學，一方面保存文學史的真相，發潛德之幽光；一方面見證二十世紀中國新文學發展之轉益多姿，昭示世人無古今無國界之文學時代已然發軔，後起者當於此有深刻思索；一方面完全呈現一個終身以文學為職志者的人格與性情。我個人撰此小文，禮讚初非本旨，實因於楊牧所為之新選學感受極深，稟持讀書人之良知，理應揭示此新文學史之事實，同時亦極盼後之有心者繼續步武追蹤，從而發揚並驅，以超越之自許。

——原載二〇〇二・十・九《聯合報副刊》

玩物喪志

東坡說得好：「凡物皆有可觀；苟有可觀，皆有可樂。」試想，天下之物擇而觀之、賞之、玩之、樂之，該當增添多少人間情味！

「玩物喪志」一語，向為貶辭，無論語意辭氣俱極嚴厲，一個人倘若受此譏評，殆如蓋棺論定，與十惡不赦相去不遠矣。我青、壯年時期，對此堅信不疑，時時以之自警、自惕，但近年來卻漸覺此語殊有可議之處。首先，玩物是否喪志便大可推敲。吾友呂正惠教授愛樂成癡，CD收藏逾萬張，所費積累可觀，致其迄今無恆產，謂之「玩物」，當不為過；然其人憂時憂世、輪轉腸中，較諸滔滔世俗者，為有志之士矣；可見玩物未必喪志，喪志亦未必由玩物而來也。其次，玩物、喪志二者相連對舉，本無道理，蓋人生在世，大率中歲以前忙於營生、忙於用世，何嘗有閒有錢可以玩物！中歲以後，始悟人生苦短，待己太薄，此時適性擇物以玩，不過近於犒賞自我半生辛勞而已，有何可罪？況玩物又有種種不同，亦非全不可取：字畫、骨董、珍奇，固不必說，即連茶、酒、食、服等，玩之又有何傷？其往往入生活美學之畛域，可以怡性情、可以養心志，較諸世間傷天害理之行，純正多矣。第三，人不玩物，往往無趣；無趣之人，固與木石無異，其絕難辨物之美醜、意之深淺、情之有無，乃至抽象之思、玄妙之想，遂令人常有不知如何接處之苦。故欲求為有性情、識機趣之人，擇物而玩，誠不失為良策。由是觀之，「玩物喪志」一語殊有不通，信難成立。

此一不通之語，出自偽古文《尚書・旅獒》篇。一千八百年來，深入人心，可見高度道德化的功利思想，其力萬鈞。故大半國人恆汲汲於「有為」：上焉者，雖奉身於家國社稷，而於己做為「人」的基本「權利」、基本「享受」全然捐棄，終身不悟二者未必相斥，誠不免可憫、可惋；下焉者，則驅原本為

「人」之自我，轉成不斷謀求世俗價值之工具，更不免可悲可笑。至若北宋程頤倡道學，竟視好文學為玩物喪志，更是病入膏肓之例。晚明李贄一脈，提倡性靈，追求興趣，講究品味，以為人不可無癖，實亦為此種偏離人性之道德化功利思想之反動。五四以降，周作人、林語堂等或承晚明，標「言志」；或取西歐，揭諧謔，無非提示：人有人性、亦有人欲；人性固不可扭曲，人欲亦不可強抑。我覺得還是東坡說得好：「凡物皆有可觀；茍有可觀，皆有可樂。」試想，天下之物擇而觀之、賞之、玩之、樂之，該當增添多少人間情味！

　　玩物，誠無可厚非也。然倘若少者以此為不讀書之藉口，成人以此為棄本分之理由，則絕不可取；而讀者若因此結語譏我仍不免「夫子習氣」，則吾亦甘受而不避。

——原載二〇〇三・二・十三《聯合報副刊》

小舖

從它們主人身上，我讀著一則則平凡而動人的生命故事，感受最無華的人情與最本分的人格。

所謂「生活」，本質原是平凡的，脫不了柴、米、油、鹽，脫不了飲食俗事。於是，許多小舖與我們相連的關係，彷彿血脈一般，分也分不開；即使有一天它們消失了，也會在記憶裡永遠存留。

翻閱我過往生命裡的小舖，兒子成長的那個階段，居家附近的豆漿店、豬肉舖，以及麵包店，最教我不能忘懷。

豆漿店的老闆娘，三十多歲青壯年華，長得高頭大馬，帶著家人炸油條、裹飯糰、盛豆漿，裡裡外外張羅，把早晨的空氣鼓得喧天價響。父親每天光顧，一套燒餅油條、一碗清漿，數年如一日。在我的印象裡，老闆娘不大招呼人，也無親切表情；父親則如所有顧客，吃完就走。然而從某一天開始，冰箱裡總有一袋軟軟的豆皮，原來是老闆娘從沸滾的豆漿上撈起送給父親的。我沒問為什麼，但我確定父親是店裡最老的客人。豆皮不值錢，卻是有錢買不到。我拿脆碧的雪菜炒軟黃的豆皮，味美異常，遠過江浙名館的雪菜百頁。那一段日子，這菜成為我們飯桌上最常見的佳餚；那一段日子，父親因為有著家鄉味的早點饜足，神情總是愉快的。

豬肉舖的主人是一對新婚未久的夫妻。夫為主，妻幫襯；夫五官清秀，笑口常開；妻靜默少言，憨厚可愛。我們喜歡到這樣「歡喜」的店買肉，覺得燒出的菜，會更可口。誰知「歡喜」不常，夫突然意外身故，妻一人撐著沉重的肉舖。那一陣子，我看她「張皇失措」的應對客人，肉切不好、價算不清，狼狽、哀悽布滿臉上。虞詐詭譎的商場環境，加上一個襁褓中的孩子，我完全可以想像她的艱辛，也擔心她隨時會垮掉。有一段時間，肉舖裡多了一個男子，但隨即又消失。我驀然發現，初見她時的新嫁娘容顏已杳然飄逝，只一逕熟練的、俐落的，沒有表情的賣著豬肉，不熱絡，也不特別冷漠。

至於麵包店，則由一位年輕的女子主持。她是家中的長女，到日本拜過師、學過藝。店甫開張，生意就很好，而且愈來愈好。她做的麵包，種類不多，卻風味獨特，引人垂涎。那香甜濃郁、柔軟有勁，完全滿足視覺、嗅覺、味覺的三重享受，總帶給人無限幸福的感覺；也令我想起大學時校門口固定日晡時分熱騰騰上架的缽形巧克力麵包，是怎樣溫暖著、安慰著每一個疲累飢餓的學子。有許多年，我們家人，除了父親外，都是從她的麵包開始一日之計的；有許多年，我們總見一襲素樸衣衫穿梭在排排麵包架中；而我們同時亦見她的父母愈來愈得尊養，她的弟妹愈來愈得處優；相形之下，她的身影太清瘦了。

如今，我搬離那兒，已逾十年。豆漿店的老闆娘因為不勝操勞，已經把店收了。豬肉舖裡多了一個老實勤奮、禿了前額的後中年男子；當年襁褓中的嬰兒已入中學。麵包店的女子清瘦依舊，而麵包的光澤、飽滿似亦已非昔比。我偶爾開車路過舊居附近，眼光總不自禁投向他們所在的角落，好像要尋找什麼，又似乎躊躇著、思量著是否要停車問候。但終於只是默默的祝福、悵惘的緩緩駛離。

如今，我住家對面仍有一條長長的小巷，小巷裡仍有許多各式各樣的小舖，它們供應我生活之所需。無論是水果舖、蔬菜舖、餃子店、雜貨店、影碟店，從它們主人身上，我讀著一則則平凡而動人的生命故事，感受最無華的人情與最本分的人格。

——原載二〇〇四・八・十二《聯合報副刊》

有朋自遠方來

「朋友」，其實映照了我們的性靈、情懷、理想，以及生命可喜可悲可感的軌跡；映照了一個最最眞實的「自我」。

近來頗有奇妙的感覺。

突然有許多學術性的會議密集召開，突然千里、萬里外的舊雨新知接踵來到眼前。學術會議的召開原不稀奇，稀奇的是散居在各地的我的朋友，專業領域各不相同的我的朋友，竟這樣巧合的分別受邀，讓我沉靜如止水的生活，拂起陣陣漣漪，日子突然熱鬧起來。

先是漢堡大學的沙敦如博士，她早早的就發來e-mail，告知我某月某日抵台、某月某日離台，以及還想見那些人……等等，字裡行間充滿了興奮之情。

我和敦如結緣於台大，當年行色匆匆，沒有特別感覺。後來我偕妻到漢堡一個月，朝夕相處，漸漸認識她的單純、熱情、教養、好強，以及她的急性子；古人說「赤子之心」，在她身上仍分明可見。我永遠不能忘記我們三人共乘夜車南下林島的那昏暗寂寥的月台；也不能忘記在她娘家的陽台上遙望瑞士國慶煙火，一邊慢酌Whisky，一邊唱著〈綠島小夜曲〉的情景。後來她來台大一學期，愛上台灣的愛文芒果、台北的上海美食，以及陽明山震耳欲聾的蟬鳴，還有這裡的朋友。於是，台北成了她故鄉以外最愛的城市。

然後是京都大學的川合教授以及金文京教授。川合先生專研唐詩以及傳記文學，他菸癮極大，蓄一頭蓬鬆好看的長髮，開一部勁帥的休旅車，住在郊外寒寂的山上——從這裡不難想見他濃厚的浪漫氣息，我相信他年輕時，必是所謂的「文藝青年」吧？但日本漢學家的矜持、嚴肅也是有的。他不多言、亦不善言，初相接，難免有些不自在，久則溫溫可親。我從他身上體會到精讀、細讀、慢讀的重要。迄今難忘的是冬夜擁爐在他家中自取各種魚肉菜蔬抓飯裹食的美味，當時同在的還有蘇州大學的羅時進教授。異國的夜、異國的人，共圍一桌繽紛的食物，縱然屋外朔風野大、冷雨如霜，我們卻只感受到屋內的燦然與溫暖。至於金文京教授，是結交最早的異國畏友。那時他還在慶應大學任教，來台大研究二年，住在信義路的國際學舍（今大安森林公園內）。我們每週到鄭騫老師家中聽課，課後到台大學生活動中心吃雪菜肉絲麵。那年中秋節我邀他在頂樓的花園飲酒、賞月，月華如釀、好風如水，聊著聊著，突然他就沉默了，古人說「每逢佳節倍思親」，真是一點不錯。不久他夫人偕子女來台北，住在安和路的巷子裡，他的活力與笑容才又恢復起來。我每週一次到他家中學日文——其實是聊天、吃他夫人做的美味晚餐。這樣的主客異位，當時並不覺得可怪，如今想來，不覺莞爾。文京是我少見的絕頂聰明，待人有情，學問、酒量、口才、文章莫不精彩的才子；他的優秀，你完全無從追蹤，只能歎服欣賞而已。十餘年間我們有太多雋永的回憶，不是這裡可以盡訴的。此番他來，彼此兒女都已長大成人，欣慰中竟有絲絲悵然。

最後是南京大學的張伯偉教授。伯偉才華出眾，年輕氣盛，一般人不喜其言辭銳利，我見他一、二次，便知是性情中人，甚覺可喜可愛。他酒量好，又極愛酒，幾乎無酒不歡，有他在，舉座喧然嬉鬧，彷彿童子。但做學問極嚴謹，責己甚苛，目前一頭栽進域外漢籍研究，宛然見證其心性之日益老成。這次來去匆匆，我特邀至家中，對飲三種不同風味的 single malt，夜半微雨中始醺然而歸。

這真是奇妙的一週。平日惦念，以為不知何日再見的朋友，突然笑容可掬的盈盈而現，生命中這種「驚喜」，特別能滋潤我們枯窘的生活。孔子說：「有朋自遠方來，不亦樂乎！」我突然了悟那快樂乃來之於：所謂「朋友」，其實映照了我們的性靈、情懷、理想，以及生命可喜可悲可感的軌跡；映照了一個最最真實的「自我」。

——原載二〇〇四・十二・二《聯合報副刊》

典型在夙昔

鄭先生彷彿最後的知識貴族，昭示了傳統讀書人精深淵雅典型的一去不返。

近日重閱鄭騫先生《清晝堂詩集》，不禁感慨系之矣！

其實，這種感慨系之的心情並不僅見於我讀鄭先生的詩集，乃是這一、二年來常有的感受——無論讀古人典籍或近、現代名家的作品往往如是。舉例而言，讀《論語》、《孟子》，總是想像著，那是怎樣的一種淑世懷抱，以及堅忍的意志，乃可以促使他們明知其不可為而為之，遂以畢生歲月投入一無能實現的理想；讀放翁詩、稼軒詞，也總是想像著，那又是怎樣的一種氣節、人格，乃可以促使他們淋漓恣縱的揮灑其雄豪與蒼涼，而終於一掬英雄淚看歷史的不可挽回；讀許地山、豐子愷，又總是想像著，那究竟是怎樣的一種悲天憫人以及篤實信仰，乃可以促使他們以如此雖冷實熱、雖平實奇的書寫方式，展現他們對國家民族、人類命運深刻的關懷，致永遠撼動人心、啟發讀者。這些典籍、作品所以令我每次讀之，每次感慨系之，原因無他，乃是因為這些作者所透顯、樹立的典型，在今日早已芳蹤無跡，杳不可尋矣。

然則，鄭先生所代表的又是一種什麼樣的典型呢？

如眾周知，鄭先生是研究詩詞曲的名家，終其一生，他始終在此一領域內孜孜矻矻、不懈不怠的貫注他的心血，無時或易。他的功夫下得極深，他的觀點異常敏銳精微，可是他用以呈顯的方式卻極為平易、自然、明朗、親切——這些，從他早期所著《從詩到曲》中諸篇如：〈詩人的寂寞〉、〈詞曲的特質〉、〈論詞衰於明曲衰於清〉，乃至〈小山詞中的紅與綠〉、〈辛稼軒與陶淵明〉等，概可清晰意會；甚至，猶可進一步言者，緣其以上述平易、親切的方式呈顯，乃特具一種如話家常的風味，且於焉流露自身之性情、音色，使人讀之，既服其識見，復如聞其聲、如見其人——這種閱讀感覺，近似於讀歐陽修

《歸田錄》、《詩話》、《筆談》等作品的經驗；一言以概之，他讓深厚的學養，變成人人可解的體會，並且把客觀的知識與主觀的襟懷融而為一。我覺得，在這裡，鄭先生展現了一種深受傳統文化浸染薰陶之學者的氣質與風度。相較於晚近以來那些處處可見的，與時變易、務出新奇、根基不實、晦澀艱難的論著，鄭先生具體見證了一種日趨消失的學術典型。

其次，鄭先生亦始終關心詩的發展；此一關懷，自少至老，固一以貫之，未稍鬆弛。他屢屢言及舊體詩已失其創作活力，然欣賞之價值則亙古常新；又以為舊詩固當讓新詩出一頭地，然新詩若欲蔚為大國，則必自舊詩中善加取捨轉化。其〈論讀詩〉一文有云：「我以為元明以來，詩只有變格的發展，而沒有本格的發展。本格的發展，正有待於今後數十年中文學者的努力，……（詞曲、律絕、古風）均不足以容納表現近代人的思想情感，……勢非另換新體不可。」又云：「時至今日，新詩雖在急切的需要，而情感意境的啟發涵詠、文辭技巧的運用觀摩，還是非借重舊詩不可。要緊在怎樣把舊詩裡得來的資料提煉消化了，運用在新詩裡。在今日而讀舊詩，絕不是迷戀骸骨，因為舊詩根本不曾死亡。而且迷戀骸骨這句話，在文學演進上根本不能成立。」顯然鄭先生深刻了解文學演進的必然，以及新替舊而起乃文學發展的定律；同時又清晰見出鶩新者常犯的偏執，故諄諄提醒尊崇傳統之必要，甚且坦率指出，今之作者「根柢不夠」。鄭先生的這些言論看似平淡無奇，其實正充分顯示了他兼包古今，既能回顧、復能前瞻的胸懷與智慧，令人深感彌足珍貴。

而更值得玩味的是，鄭先生自己雖曾作過少量新詩，其終則竟作有一千一百餘首的舊詩。前者可以證明他對新詩的熱忱，後者則反映了他對舊詩矛盾不

如今我每次讀《清晝堂詩集》，見其於十餘歲所誦之詩，至老不忘；以及其信筆化用古人詩文典故，乃至自注中所顯示之汎濫停蓄為深博淵雅無涯涘，除不勝欽仰驚歎之至外，唯自慚形穢而已。

捨的曲折心境。〈論詩絕句〉九十九有云：「新局別開事可期，旁收遠紹貴多師。非才淺學兼衰病，愧值承先啟後時。」詩後自注：「所謂新局別開，兼指古典詩與現代詩二者；然，欲求為古典詩別開新局，談何容易。」一方面以為古典詩之創作已日薄西山，一方面卻極在意自己古典詩藝的成績。對這一點，我以為，鄭先生顯示的是對世間美好事物的無限眷慕與珍惜——這種純粹的、真誠的、深邃的感情，令人會之，不覺動容。

事實上，鄭先生確實是一個深情的人：對古典的研究深情，對詩的創作與發展深情，對生命中所有經歷過的人、事深情。前二者已見前述，後者有詩為證：〈論詩絕句〉八十八首有云：「轉頭五十餘年事，校罷君詩獨上街。歸路衝寒風攪雪，雪中燈火認東齋。」題署論黃景仁，其實追憶往事。蓋東齋即民國十九年冬，鄭先生任教北平滙文中學時所住之教職員單身宿舍。又，九十六首云：「秋明詩少江湖氣，無病詞多現代情。落月屋梁念師友，初聞無病自秋明。」則懷恩師沈尹默（秋明）與至友顧隨。隨以詞名世，其第一部詞集名《無病詞》。此詩中「落月屋梁」用杜甫〈夢李白〉「落月滿屋梁，猶疑照顏色」

句，可見情深意摯。而《清畫堂詩集》卷八〈晨醒憶舊效工部存歿口號二首〉則追念北平崇實中學同學謝冰叔、黃秀豪以及匯文高中學生陳景崧、湯心豫。詩後自注：「冰叔名為杰，福州人，冰心之弟，少予兩歲，今年七十八，遙聞尚在。秀豪名公英，廣東蕉嶺人，少予一歲，歿於民國十六年，僅二十一歲。弱冠從軍，殉情冤死。」「陳景崧，湯心豫……年齒相去不多，談笑切磋，誼兼師友。景崧早逝，心豫未知存歿，然亦老矣。」字裡行間，悲慨惆悵，固情見乎辭矣。

最後，據我自己受業於鄭先生的經驗，鄭先生之寓目則記、博學多聞，乃同學最津津樂道者，而亦咸以古典文學之百科全書稱之。如今我每次讀《清畫堂詩集》，見其於十餘歲所誦之詩，至老不忘；以及其信筆化用古人詩文典故，乃至自注中所顯示之汎濫停蓄為深博淵雅無涯涘，除不勝欽仰驚歎之至外，唯自慚形穢而已。相對於今人之淺、窄、粗、隘，侷促、窘迫，我總覺得，鄭先生彷彿最後的知識貴族，昭示了傳統讀書人精深淵雅典型的一去不返。

無論從鄭先生對詩詞曲的卓越研究，或其對新、舊詩如何求取發展、重生等永恆價值之高度關懷；乃至其對美好事物、生命經歷之無限繾綣、無限依戀，以及其學識素養之廣大深厚觀之，都證明鄭先生心中自有一專注不移的文學志業，並傾注其全部生命予以灌溉滋潤，其恆以真情待之，其基本上亦恆懷平靜喜樂之心。我以為鄭先生體現的是悠久文化傳統中我們從不陌生的那種「真正讀書人」的形象——而此種形象，今後殆唯有在記憶裡追尋，在典冊中觀摩嚮往矣。

鄭先生生於一九〇六年六月二十日，今年適值其百歲冥誕，謹敬以此文表達我對鄭先生無限崇仰思念之情。

——原載二〇〇五・六・十六《聯合報副刊》

輯四

造物不吾欺

造物不吾欺

世間唯一眞實的只有自然；唯一不欺的也只有那孕育了自然的偉大造物者。

我住的宿舍區，雖是三十年的老公寓，但林木蓊鬱，坐在書桌前，抬眼望去，即是一片參天的楓樹，左邊還有一棵玉秀的松，其餘的空地上則長滿了欖仁、榕樹，以及一些不知名的植物。

平常的日子，我忙於各種各類的「正務」與「雜務」，早出晚歸，在研究室的時間遠比在家的時間長，以是很少注意這些植物的變化。這幾天，中秋已過，早晨起來，臨窗閱報，眼神偶爾飄到掃地的管理員身上，驀然發現，地上的落葉愈來愈多、落葉的枯黃愈來愈深，不知何時，竟能成堆成堆的聚攏於路旁，乃意識到季節真的已悄然遞轉。

然後我繼續發現：雲愈來愈白，天愈來愈高，而月愈來愈遠，卻愈來愈明；至於陽光，雖依然耀眼，但再也無夏日的熱度，你可以感覺到那種漸漸沉落的強弩之末；此外，只有在每年涼風起天末之後始翩然飛來的野鴿子，也開始出現在林中覓食。我又同時發現：原本鎮日穿梭跳躍於枝椏間的松鼠突然失去了蹤影；而細細的秋雨一陣陣的就在你睡夢中瀟瀟飄落，無聲無息。

我進一步觀察落葉的速度。不要看榕樹四季常青——它換衣的頻繁教人吃驚！而榕樹的增長也令人訝異——垂落近地，全如老者的枯鬚，透露衰弱的氣息；其次，松針大量掉落，厚度可以公分計，亦如老去之後，指爪輕易爬梳便沾了滿手的落髮；再來，便是欖仁的闊葉，往往落得你車窗遮半，拂之不去。獨獨例外的只有楓樹以及前年手植的一株幼櫻，但它們的葉子也開始斑駁，布滿如蛀的傷痕，較諸已歸塵土的落葉，似乎透露更濃烈的殘敗。歐陽修〈秋聲賦〉有謂：「夫秋，刑官也，於時為陰；又兵象也，於行用金。是謂天地之義氣，常以肅殺而為心。」證諸我所見景象，信知其言不虛。

但肅殺之外，也不是沒有輝煌的風景：巷口一排台灣欒樹，在這個季節裡，黃蕊如串，串串相接，正兀自開花，展現它無限風華，增添了秋色的溫暖與明亮。

幾天來，我如是靜靜透過禽鳥花木、日月風雲的流轉，體會時序更迭，享受一種樸實無華的寧謐，感覺美好而充實。那是生命的忙碌中，必要的泊止與停憩。在過往歲月中，其實也曾有類似經驗，我知道那是宇宙自然所賜的恩典，讓我駐足觀察祂呈現的面貌變化——無論春夏秋冬、無論繁華慘澹，只是依序進行，準確無誤，啟示我體認人事的短暫無常，追尋無喜無懼、無憂無恐的心靈境界。但我這一次卻由衷而強烈的領悟到：世間唯一真實的只有自然；唯一不欺的也只有那孕育了自然的偉大造物者。垂首撫思近年周遭一切，竟都是假的；充斥著各式各樣的虛妄與欺罔。這社會早已隨政客、媒體，以及商人的任意操弄，墮落沉淪。想到這裡，我固然一方面慶幸自己還能從宇宙自然的變化中覓得真理的訊息；一方面則不免惶惑於面對所有紛亂顛撲之世事而無可如何！然而，我深信，前者的力量夠了；它足夠支撐我通過所有紛亂顛撲，去證明各式各樣的欺罔虛妄終歸是欺罔虛妄而已。

——原載二〇〇二・九・二十五《聯合報副刊》

寒流

室內溫暖的空氣逐漸寒涼，我想像牆磚縫隙的水分正緩慢增加，而其體溫則緩慢下降；而後透過空氣的傳遞，緩緩覆蓋上我們的髮膚手足。

氣象預報說，寒流來襲，連續幾天，台灣地區都將維持十五度以下的低溫。早晨醒來，果然天候有些陰晦；樹木在灰色中靜止不動，葉子已然半落，枝椏橫七豎八的毫無姿態可言，即連對面樓宇的外牆也透出些許斑駁的身影；一夕之間，大自然果決的展現祂肅殺的威嚴。我打開窗子，伸手試探，空氣有些凝凍，我知道，今天出門必須多添衣物；又抬頭看看濛濛的天空，心裡想：要不要帶傘呢？早餐未畢，雨開始沉默的飄落，風亦漸起，樹木顫抖，枝幹搖晃的幅度加大，半凋的葉子紛紛墜地，低頭顧小徑，苔痕竟快速的浮現，吃驚當中，有一種凜然、漠然交雜的心情瞿然升起。

雨就這樣連下了二天，時疏時密、時歇時驟。室內溫暖的空氣逐漸寒涼，我想像牆磚縫隙的水分正緩慢增加，而其體溫則緩慢下降；而後透過空氣的傳遞，緩緩覆蓋上我們的髮膚手足。我站在五樓教室的廊前，瞻望四周，無論北邊的大屯山系或南邊的北宜界山，都只是煙雨一片，隔在重重雲靄以外；近處的鐘樓、屋宇、樹林、湖泊，亦皆如帷幕後的影像，依稀迷離。我想，此景此境，似乎是該落落的；至少有些什麼近乎惆悵、感嘆的情緒；但心中分明充溢著一份實實在在的愉悅、安篤之感——不為別的，只因為這是台北應有的冬天。

然後雨停了。空氣愈來愈乾，也愈來愈涼，人的精神突然抖擻起來。我注意到午後課堂打瞌睡的同學少了，專注、發言、討論的人則急遽增加。他們的穿戴雜亂臃腫——似乎把櫥中所有衣物都堆掛在身上，雖滑稽，卻可愛；他們彼此——乃至我和他們之間的距離，亦奇妙的倏爾消失，似乎所有的人自然而

拉開窗幔，樹木相互雕鏤著、刻畫著、映照著彼此的容顏，肢體搖曳如旋律；四季海棠拔高吐蕊，招惹早起的蜂；洋紫荊層層堆垛的圓葉上則冒出一、二朵如蝶的花瓣。

然靠攏取暖；於是心靈的、智慧的溝通乃終成為可能——而我知道，這一切都賴這凝凍的氣溫所賜。

然後，又是一天的清晨醒來，百葉窗篩過的光線輕輕烘亮白壁。拉開窗幔，樹木相互雕鏤著、刻畫著、映照著彼此的容顏，肢體搖曳如旋律；四季海棠拔高吐蕊，招惹早起的蜂；洋紫荊層層堆垛的圓葉上則冒出一、二朵如蝶的花瓣——她終於漸次恢復一年花開兩度的生機；泥土潮潤如墨，敗葉俱化成膏沃的養分；冬陽覆蓋，燦燦微溫，空氣仍然寒涼；穹蒼碧藍，白雲舒卷，天地純粹潔淨。這時，除了寧謐美好幸福的感覺外，別無其他。

寒流漸次減退。一週來，萬物隨其赼趄疑猶而升沉起落，驗證自然的互動與和諧，也揭示宇宙生殺迭代、興衰倚伏的奧義。而我個人則漸能於冷凝灰濛的氣象中，體認隱晦曲藏的溫暖、篤實與貞定，進而學習融為自身人格的部分；而我亦清晰發現，這些體認終將在我年輕的學生身上漸次形成——如果他們並未忘卻我曾不斷提示：人必須永遠向自然學習。今冬伊始，寒流固將復返；而當寒流終於消歇，我知道亦自有春雷驚蟄，穀雨降臨；乃至其後之夏雲夏日、秋月秋蟬亦當周而復始，以此提供人及萬物恆可安靠的律則軌範。「撫今思昔、省視周遭」，我再一次確定：人永遠須向自然學習。

——原載二〇〇二・十二・十八《聯合報副刊》

兩株樹

我知道兩株羊蹄甲終於適應了這裡，也終於「歸屬」了這裡。

我書桌的窗前有兩株羊蹄甲，這是三年前友人種植的。選擇羊蹄甲，不為別的，只因它可以生長在極貧瘠的土地裡，無須照顧，又能開出艷紫的花，而且花期極長；雖然枝葉沒什麼姿態，也自有一種麤服亂頭的風致。然而萬萬沒想到，種下去的第一年，當各地羊蹄甲花開得燦然爛然的時候，這兩株樹卻只艱難的吐露一、二色彩模糊的花瓣；終彼一年，它們只不斷的長些青黃斑駁的葉子。妻看了很生氣，她原就不喜如此「俗賤」的植物，由是更時時的叨唸著：「種櫻花該多好！種櫻花該多好！」我只是不語，心裡想著，花不開也許因為陽光被高大的松樹與楓樹擋住的緣故罷？

進入第二年，它們的情況略有「起色」，數十朵花絕然是有的，但綴在層層疊疊厚厚的葉子中，畢竟顯得零落，甚且令人有寒傖瑟縮的感覺。我看在眼裡，不免洩氣，決定放棄對它們的期望，乃請友人又種了一株櫻花，日日關注著櫻樹的生長。

櫻樹長得極慢，時序流轉，換裝兩度，完全看不出什麼「長進」。倒教我驚異的是，已然遭到放棄期望的羊蹄甲，數月以來，竟不稍歇的持續綻放它艷紫的花，無論是最後的冬雨或方興的春雨，一夜瀟瀟，便帶來一條長長的花徑。花不停的落，也不停的開，我每日走近，仰首試圖數數花苞的數目，竟完全無從計量，一如無從計量天上的星辰。妻不再叨唸，她也許仍然不喜歡這麼無姿態的植物，但她確已不再叨唸。而我自己倒有另外一種感動。我知道兩株羊蹄甲終於適應了這裡，也終於「歸屬」了這裡。它們為自我歸屬的土地奮力展現生命的光華，從萬葉凋謝的冬到萬葉新生的春，它們在我窗前塗繪無盡的繽紛，帶給我一個從未有過的多顏彩的冬天。

我清晰的知曉，不是它們「選擇」這窗外的土地，是朋友把它們移植到

此。但它們努力去適應，歷經艱辛，終於與這土地緊密結合，成為一體。艷紫的花朵其實驗證呈顯著這土地對它們的慈愛與滋養；同時也驗證呈顯著它們對這土地的投入與反哺。我驀然想起，這島上的一些人不正與它們是相同的族類嗎？可是這些人的遭遇何其不同！已經是新世紀了，這些人仍需因他們的原鄉被賦予莫名其妙的原罪；仍需不斷被偏狹自大、喪心病狂的人肆意質疑、污蔑。我想，我不應慨嘆人不如樹，而應說那些自大喪心的狂者須虔誠敬謹的向這寬厚無私的土地學習，但這大抵終究是一種妄想罷？

附記：魯迅〈秋夜〉裡有兩株枯枝如劍戟刺向天空的棗樹，宛然強烈反抗精神的象徵；周作人〈兩株樹〉寫白楊與烏桕，卻充滿古雅悠綿的情趣。我的兩株羊蹄甲既不憤世，也不遁世，唯謙和自在而強韌，我相信它們將迎風迎雨，迎陽光迎露水，靜定的踐履它們生存的責任與權利。

——原載二〇〇三・三・十二《聯合報副刊》

我知道兩株羊蹄甲終於適應了這裡，也終於「歸屬」了這裡。它們為自我歸屬的土地奮力展現生命的光華，從萬葉凋謝的冬到萬葉新生的春，它們在我窗前塗繪無盡的繽紛，帶給我一個從未有過的多顏彩的冬天。

櫻樹・鳥窩

今年春天，當牆邊的櫻花依舊如紅綾一抹的肆放時，瘦小的山櫻竟也悄悄地露了幾點胭脂，宛如晨間的露珠，又如夜空的星星。

舍區的圍牆邊有一株櫻樹，樹幹粗壯、樹型周整，每年二月它總會堆滿艷紅的雲，讓牆裡牆外蕩漾無限的春色與春鬧。妻一向愛櫻花，每次行經花下，總是叨唸著：「在我們屋前也種棵櫻花吧！」

或許是看膩了榕樹的長鬚；或許是覺得窗框裡老是一片綠，不免單調，我下定決心，要圓妻的願。幾經尋覓，終於在二年前輾轉得贈一株山櫻，雀躍之情，可想而知。但當鳩工種下時，心陡然涼了半截——那櫻太瘦小了——我瞥見妻失望的眼神，分明喃喃著：「待它開花，要盼到幾時呢？」

櫻也的確教人洩氣。葉落時，枝枒橫斜，如竹帚般乾硬錯亂，全無姿態；葉生時，大小不一，面無光澤，甚且斑駁似病。它的位置就在小徑旁，行人不少，卻從不見有人駐足觀看。我知道，無人注意它的存在，也無人顧惜它的存在。而我總是站在窗前，居高臨下的凝視它。時日久了，我似乎感覺它亦無視周遭事物的存在，兀自靜默地生長，一派篤定自在。

今年春天，當牆邊的櫻花依舊如紅綾一抹的肆放時，瘦小的山櫻竟也悄悄地露了幾點胭脂，宛如晨間的露珠，又如夜空的星星，顫巍著、閃爍著，純潔而明亮。

鄰居們並不遲鈍。樹下開始有人停留、仰望、端詳，我知道她們商量著如何讓這櫻長得更快、更好。不久，根部的土堆培起來了，右側的雜樹也攔腰鋸斷，養分與陽光霎時倍增，櫻善體人意，氣息倏異：枝幹遒勁黝亮，葉片肥綠有光，似乎昭告著：「明春二月，花容看我。」

而令人驚喜的還不僅此。一日傍晚，我騎車回家，行經櫻下，掃地的黃太太拉住我，壓低聲調說：「我帶你看鳥窩。」說著，就撥開幾片櫻葉，突然一

櫻容愈來愈蔥鬱，翠羽愈來愈忙碌。這窗前的風景是始料未及的。心中無事，但有慢酌「冰酒」的美感。

隻翠鳥振翅飛去。在交疊有致的密葉下，我看到一個漂亮的鳥窩，窩內躺著三粒小小的、潔白的蛋。

我起先訝異翠鳥何以在這麼矮的樹上築巢，但隨即領略牠的智慧。櫻樹的葉，密到足避風雨；櫻樹的枝，軟到不憂折斷。微風徐來，這窩像一個搖籃，正宜孵育幼雛。

現在，窩裡有三隻小鳥，牠們不是閉目酣睡，便是引頸索食。原先一隻成鳥已變成二隻，日日穿梭林中，畫出優美的弧線，也展現幸福的姿態。

櫻容愈來愈蔥鬱，翠羽愈來愈忙碌。這窗前的風景是始料未及的。心中無事，但有慢酌「冰酒」*的美感。

——原載二〇〇四・七・二十九《聯合報副刊》

*註：冰酒（ice wine）：經霜葡萄所釀之酒，味濃甜如蜜。

秋之一日

樹影完全隱翳了，身軀微冷，心裡卻充滿了從所未有的自足與自若；這是我生命中的秋之一日。

我一直認為，以節候的準確而言，農曆遠勝陽曆。雖然還只是九、十月之交，但中秋已過，這亞熱帶島嶼的涼意畢竟一點一點的加深起來。看看牆上的溫度計，一週以來，不知不覺已從攝氏廿七度降到了廿三度。

清晨，陽光從東南角的陽台射進來，烘在一件件吊掛的衣服上，有一種和煦的香味。我開門拾起報紙，站在面北的窗下，就著樹影一張一張翻讀，並不專心，眼神總是很快的瀏覽過鉛字，就又落到窗外的雜樹上。老榕的鬚垂落觸地，楓香的葉子漸漸稀疏，桂花盛開，松鼠忽上忽下，小徑無人，空氣純淨而透明。

早餐後，背上背包，騎車出門，沿著蜿蜒如河的車道悠然滑行。台灣欒樹的黃花與紅果，簇生梢頭，交互輝映；爬牆虎的葉子半仍是綠，半則轉為赭紅，貼襯在褐白相間的牆上，顯出斑駁的韻味；唯茄冬樹的葉子油亮翡翠得使人驚異。圖書館旁白千層下有人靜坐、有人讀書、有人漫不經心的吃著早餐，偶然擦身而過的車子也全無躁意，空氣優雅而祥和。

進入研究室，打開燈、打開電腦、打開書。燈的光似乎格外明亮，電腦主機的聲音似乎格外含藏，自己的思緒似乎格外清晰。側視玻璃缸裡的魚，一味起勁的游著，似乎亦不覺得無伴孤單。抬頭仰觀友人默齋乙亥年之騁筆──「一壺濁酒喜相逢」──羅貫中〈西江月〉句*，體勢剛柔渾融、收放並蓄，分明才氣與情感齊驅、滯重與瀟灑兼得，筆到意到，又意在言外；此時紗門上藕色短簾無風自動，空氣寂寥而寧靜。

若到午後，不暇假寐。小葉欖仁的枝葉隨著寸寸西移的日影、隨著偶然揚起的金風，將它們舞弄的語言投射到我的桌面、牆壁，喧賓奪主，亂我閱讀的心緒。我索性推書而起，走到廊上，迎面襲來的是成排高聳入雲的白千層，莊

我折回研究室，欖仁葉掩映下的朱銘〈太極〉石雕，兀自屹立水中；池底淡生青苔，略布落葉，空氣凜然而沉默。

穆沉肅，與小葉欖仁迥異其趣。我在廊上來回踱步，看樓宇半陽半陰，有一種簡單的愉快。這是散步的好時辰，我下樓，信步校園中、草地上、樹蔭下都有坐臥的學生；這樣的天氣，不燠熱，也不寒涼，他們的選擇都不錯。傅鐘的二十一響定時颺起，椰林大道、振興草坪、總圖書館筆直相連，秋光披覆，此時方能體會這大學的崇高，也方覺得椰林大道是一條學術之路、知識之路。我折回研究室，欖仁葉掩映下的朱銘〈太極〉石雕，兀自屹立水中；池底淡生青苔，略布落葉，空氣凜然而沉默。

秋陽易涼，風起天末。黃昏時分，我關燈，關上研究室的門，夜不知何時竟倏已悄然潑墨，走廊一片闃黑。我在墨色中默立片刻，默看斜角燈火通明的教室與氤氳路燈下匆匆走過的學子。然後下樓，騎車，頂著風，快踩回家。樹影完全隱翳了，身軀微冷，心裡卻充滿了從所未有的自足與自若；這是我生命中的秋之一日。

*註：實為明人楊慎句。

——原載二〇〇四・十・二十一《聯合報副刊》

芒花

正因爲能帶著微笑，無憂無懼的面對四面八方來的朔風，反而能如列子般泠泠然御風而舞……。

台灣有許多美麗的植物，但令我動容的卻只有芒花。＊為什麼動容？其實也說不大清楚。生命裡常有這樣的經驗：為什麼賞愛一個人？為什麼嫌惡一件事？為什麼百讀不厭一本書？為什麼心中明明嚮往卻瞻顧猶疑，裹足不前？凡此種種，往往也都是說不清緣由的。

我只知道，我開始注意到芒花，已是離開學校，踏上人生艱辛旅程的歲月了。

那時我常常往來於縱貫路上。秋冬時節，河床邊、溪谷裡、山坡上，我總能看到一叢叢、一簇簇，甚或漫漫一片的芒花，隨著寒風搖曳。那姿態很柔，卻並不軟弱；而更奇妙的是，就在它柔柔的搖曳裡，凌厲凜冽的風，倏忽就減了它的威力。隔著窗子，我聽不到風聲，自然更看不到風的蹤跡，只覺得那披拂極美，絲毫不察秋冬的肅殺與寂寥。直到瞥見許多脫盡了葉子的枯枝，看到已收割僅餘殘稈的稻田，才回神意識到季節究竟已然更替。這時心中不免感覺微微的溫暖。我想，是什麼樣的造物者呢？讓冷凝的季節有如此和美如穗的花！

然而，我那時畢竟太年輕了，對芒花終究只是單純的喜愛著它柔柔的搖曳罷了；一如喜愛款擺著好看的腰的娉婷女子。

等到我在冷暖無情的都市裡打滾了數年之後，有一天，驀見屋頂女兒牆角突然搖曳出一枝芒花；再抬首看到數百公尺外山坡上滿滿的芒花，我凜然意識到它生命力的強盛——種子知命的隨風飛翔，只要一層薄薄的土、一點黎明的露水，它就能毫無怨尤的奮力生長，形塑一種優美的姿態——這不免令我震撼而動容了。那時我正逢著工作上最挫折的時刻，自我的信念與外在的逼迫時時交戰；那時我常處在矛盾、失措的狀態裡，猶疑無助。或許是芒花讓我了悟到該如何選擇，該如何明確地做一個真正的自我；或許我終於發現芒花柔柔的搖曳之美並非僅如娉婷女子款擺的腰，它毋寧展現的是一種逆來順受的平和。正因為能帶著微笑，無憂無懼的面對四面八方來的朔風，反而能如列子般泠泠然御風而舞——這對我的啟示無疑是巨大的。

從那以後，我愛看芒花，彷彿端詳著自己。生命既不可能全然美好，芒花也並不是沒有閉縮喑啞的容顏。寒雨不歇的時刻，芒花的淒涼令人憯悽增欷。但想到生命本即有如此令舒伯特亦無言以對**的際遇，則其種種固無非見證生命的一頁真實而已。而我知道，寒雨一過，陽光灑然而落，芒花便將抖去一身濕意，迎著金黃，又欣欣然招展。

這幾年來，我因著定期登山，得與芒花有更親密的接觸：有時近玩，有時遠觀，有時竟在高過頭頂的芒草林中尋路而行——風在髮際，如嚎，如嘯，又如遙遠的海濤。剎那間，同行的朋友彷彿突然隱翳無蹤，我冥然進入一孤獨貞定的世界，心中除了澄明寧靜，別無其他。

或許是芒花讓我了悟到該如何選擇，該如何明確地做一個真正的自我；或許我終於發現芒花柔柔的搖曳之美並非僅如娉婷女子款擺的腰，它毋寧展現的是一種逆來順受的平和。

唉！台灣誠有許多美麗的植物，但令我動容的卻依然只有芒花。

註　釋

＊芒花乃芒草開花，固非植物名，但姑且稱之，達者當不致吹毛求疵。

＊＊語出亨利・詹姆斯（Henry James）的小說“The Portrait of a Lady”。

——原載二〇〇四・十二・十六《聯合報副刊》

春寒

春寒將逝，「發現與體認」即便使人挫折感傷，也仍是人性與生命眞相的領略，值得珍惜。

今年春天特別的冷。

冷雨從年前下到年後，漫漫二、三十日，加上寒流不歇，教人每天都覺得冷到心裡，冷到骨裡。

嫣紅的櫻花，凍落一地；赭褐的欖仁葉滿身瘢楞的恓惶辭枝，群鳥無跡，天地灰濛，彷彿罩了一襲剝也剝不掉的濕衣。我日日晨起出門，夜晚返回，工作如常進行，心情卻總是鬱鬱的。

雖然我知道人難免會以物喜、會以物悲，正如《文心雕龍》所云：「春秋代序，陰陽慘舒，物色之動，心亦搖焉。」但我確定自己的悶悶寡歡，與這淒冷黯然的天候並沒有太大的關係。

事實是，數月以來接連發生了許多料所未及的情況，讓人不免備覺頹然委頓。首先，原本摯愛，欲以終老的環境，轉瞬之間竟已東施效顰，日益媚外，充滿虛矯浮誇的言論，而猶自矜自是。我不明白，為什麼要忘卻自身優良的傳統？為什麼會忽視自我美好的特質？為什麼在取法借鏡時，不善加選擇、善加規劃？然則，這應該根本就是一種極度「缺乏自信」的表現。其次，自己結合同道，費盡心血、關顧理念、執著理想，設計、推動的種種制度，大夥曾如此兢兢業業的做著，因此獲得了榮譽、充滿了尊嚴。但曾幾何時，舊的參與者逐漸怠忽、新的參與者果於專斷，於是所有美好的立意終遭扭曲變質；然則，這其中亦無非展現了若干人性的陰暗。復次，緣於自己曾經被無數的長者前輩鼓勵、栽培，故面對後起之秀，亦總以嚴謹的態度與無限的熱忱樂予提攜。結果卻看到愈來愈多的人對責任輕忽，對利益計較，對分寸之掌握漠視，對角色之認知模糊；更重要的是，他們對自己的偏頗幾乎無覺無感，自然也就無應有的

我鬱鬱的心情終於如初春的雪，被陽光緩緩融化。剎時間，我頓悟能以物喜畢竟還是幸福的；我畢竟需從大自然的活力裡吸取熱能，從大自然的變化裡參悟事理。

省察反思；然則，這多少意味了我們從來所認同的涵養或已盡失其價值。最後，相交數年乃至十數年的同輩、晚輩，巧合際會的因緣促使彼此幽微的本質外顯（其本身可能從來不覺），乃知人的了解何其不易！而了解時的尷尬又何其不堪！甚者，當不堪的情境出現時，復因人格特質使然，彼此更無純然、坦然溝通的可能；然則，除了沉默以對或淡然遺忘以外，似乎做什麼都是無謂的。這種種的發現與體認，讓我心灰意冷，有一種物體失重墜落的空洞與恍惚；復有一種江水滾滾盡付東流的悵惘與悲哀。

空洞、恍惚，悵惘、悲哀，我鬱鬱的心情就一直繼續著，無由得解。日昨，在百年難見的三月雪後，冷雨終歇，春陽耀眼，藍天無際。我憑窗外望，碧草如茵、蒼枝如蓋，有稚童歪歪斜斜的騎車，有好女優雅娉婷的漫步；冬衣未卸，卻分明感覺浮動、喜悅的氣息。我鬱鬱的心情終於如初春的雪，被陽光緩緩融化。剎時間，我頓悟能以物喜畢竟還是幸福的；我畢竟需從大自然的活力裡吸取熱能，從大自然的變化裡參悟事理。春寒將逝，「發現與體認」即便使人挫折感傷，也仍是人性與生命真相的領略，值得珍惜；而種種可喜可悲的發現、體認，無非淬鍊我們學習心境平和、心胸曠遠、心懷寬宏，在追求自我肯定的同時，既不憤世，亦不尤人。

——原載二〇〇五・三・十《聯合報副刊》

榕樹與黑松

榕的孳蔓，松的傾斜，我想，都是自然的定律；而榕因孳蔓太過乃遭剪裁，也絕非單純由於人的好惡而已，——其中必仍暗藏著自然生殺的秩序。

震耳欲聾的電鋸聲持續響著，那棵姿態如倒「爪」字形的榕樹，其左邊斜伸的枝幹正被攔腰鋸斷。它長得太高太快太茂盛了！不但硬生生擋住黑松生長的空間，還整個身子靠上去，把松的脊骨都壓彎了。我仰首觀看那景象，不覺為之一驚：榕樹的生長竟如此張牙舞爪，旁若無人，完全一副理所當然的神態——，我想，它會長成「爪」字的形狀，莫非正是其蠻橫霸氣的呼應與見證？至於黑松，大抵背部以上屈成弧形，如雲的針葉也只往一邊堆積，那神態像極了一個回頭側身閃躲，無力招架潑婦追打的懦夫；松的形象因此徹底被顛覆，我心裡不免又夾纏著哭笑不得、慨護皆非的情緒。我知道，如果照這樣的情緒衍生思維，顯然我將會以傳統道德的準繩，賦予榕樹與黑松象徵隱喻的意義——那當然並無不妥；尤其在今日紛紜的時代裡，如榕樹者何其多，如松樹而竟軟弱無力者亦不少見。但我努力揮去這思維，不讓它蔓延，因為這樣的思維其實與松樹同樣軟弱無力，又何補於事？猖狂的榕樹枝幹很快被鋸掉了，草地上布滿碎屑，像鋪了一層金沙；斷了的枝幹，呈現出宛如肌肉的顏色，映襯在四周的綠裡，異常刺眼。我從未料想，一根枝幹被鋸掉了，整個景觀竟如此倏然改變。事實上，長久以來，這猖狂的枝幹一直壓抑著松樹，但交錯揉雜的群樹卻自成一渾成的風景，使人不覺有異——這樣弔詭的情況，讓我驀然間一陣暈眩，不知說什麼才好。

這確實是一個令人暈眩錯亂的年代，也令人難措手足的年代。久了，人漸漸無感無為，只好遁入宇宙萬物的運行裡尋求慰藉與安定。

於是我日日臨窗凝視鋸斷的榕樹以及下半挺直、上半彎屈的黑松。沒有了榕樹的擠壓遮覆，松的身影全然呈現，勁雅有致；藍天在它頂上，小小一方，彷彿晶瑩池水。我心裡想，幸好松不是一逕直的，否則，這小小的一方藍天勢將隱翳，或者碎裂。此外，讓人喜悅的是，隨著榕幹鋸除，後方高聳入雲的楓香乃身姿盡露，尤其此刻春天，楓香正換上新裝，油嫩油嫩的綠葉快速生長，那美是生命的展示、是青春的炫耀、是色彩的提煉。十年來，我從不知榕樹後方有一株如此美麗的楓香，毋寧是嚴重的怠忽。而隨著榕樹的鋸除，陽光不斷穿篩而下，整座樹林宛如掃除了陰霾的心，容光因此煥發起來。

然而，攔腰鋸斷的樹幹冒突在窗前，依舊是刺眼的；每次經意或不經意的眼神飄過，總因其格格而不快。唯我亦發現，那肌理、那顏色，其實明亮柔和，遂散發出一種平靜無怨的神色，我因此對榕樹的心情又複雜起來。

我不知道這一片樹林最早的樣貌如何。當初種下它們的人想必也沒有什麼章法、布置。然而長成目前的樣子，又必定符合某些自然生長的法則，殆無可疑。榕的孳蔓，松的傾斜，我想，都是自然的定律；而榕因孳蔓太過乃遭剪裁，也絕非單純由於人的好惡而已，——其中必仍暗藏著自然生殺的秩序。此

榕的孳蔓，松的傾斜，我想，都是自然的定律；而榕因孳蔓太過乃遭剪裁，也絕非單純由於人的好惡而已，——其中必仍暗藏著自然生殺的秩序。

刻，我但願鋸斷的榕幹早日長出枝條與嫩葉，我亦確定其為期絕不在遠。屆時，突兀的風景會消失；弔詭之感與我複雜的心情也都將消失；而群樹則展開它們新的生長循環。

——原載二〇〇五・四・七《聯合報副刊》

輯五

書　憤

今昔之異

當下這個時代是不時興「感傷」的；「感傷」早已塵封於古典的詩文裡，滯止在八〇年代以前的台灣。

最近一陣子，因為椎間盤的問題，三天兩頭跑台大醫院復健部做物理治療。二十多年前，就為了這個毛病，第一次走進這棟位於新公園東北側的老舊建築。二十年來，建物老舊依然，病人來往穿梭依然；但新公園早已易名，胖胖的掛號小姐也已經滿頭華髮，而我自己除了鬢亦如霜之外，老毛病隨著身體機能的退化，日益嚴重，它不斷強烈地警示我：青春早已遠逝，健康正一點一滴的被歲月無情地侵蝕。

看到這樣的「破題」，你或許以為下面寫的會是些憶往「傷」逝的情緒；

然則並非如此。當下這個時代是不時興「感傷」的；「感傷」早已塵封於古典的詩文裡，滯止在八〇年代以前的台灣。這二十年，無論我個人心境，或整個台灣社會，變化之劇烈，都讓人思之怦然而驚。

我永遠記得，生平第一次站上講台的情景，以及當下課鐘響，走在回家路上時那種「愉快」的感覺。我清楚的知道，自己已經找到此生不悔的事業。當時心中除了「愉快」，就全是莊嚴誠摯的「感謝」了——感謝上帝讓我如此順利的就上了路。

爾後的十年，每次在課堂上看到那些閃爍如夜空星子的求知眼神，我就欣然於自己的生命是多麼充實而有意義。再爾後的十年，心境竟異，那些星星般的眸子不知躲到那兒去了？年輕的男男女女看起來那麼健康、俊秀，可是原本時時可看見的「感動」、「嚮往」、「熱切」、「耽想」、「執著」等神采，一一消失。你跟他們談價值、談真理、談是非、談生命裡深刻的情懷，你得到的表情只有兩種：一種是「好」的——茫然中帶一點不能了解的「赧然」；一種是「壞」的——淡漠裡帶著明顯的不遜，讓你覺得「自己好蠢」。

至於這個社會嘛，其變化的軌跡似乎更為「粗暴」。彷彿一夕之間，我們以為原屬本分的「儉樸」、「謙遜」、「同情」、「努力」通通不見了，而更嚴重的是，「是非」、「誠實」也都不見。「誠實」與「是非」原就是相互緊密關涉的兩種道德本質。對己、對人、對事、對物能「誠實」，斯有「是非」可言；反之，二者俱屬枉然。「是非」與「誠實」一旦杳如黃鶴，這社會便只有「沉淪」一途。

我陷在「迷惘」的泥淖裡已經很久，這二十年到底出了什麼問題？讓自己對原本不悔的抉擇開始質疑；對自己深愛的這個社會開始憤懣焦慮！我屢屢自問：這樣的現象會改變嗎？而又如何改變？有時我的知性、理性分明清澈；但其終則往往心亂如麻，不知從何做起。

我從來沒有這麼強烈的「無能為力」之感。但我想，既然不能「見諸行事」，則載之於言，或未必為「空」。此生既注定身在「象牙塔」中，則坦誠將塔裡塔外之所見所聞、所思所感一一錄記，至少是對自我信念的一個交代、對自我責分的一種砥礪；而我知道，我會努力把這件事做好。

——原載二〇〇二・七・十七《聯合報副刊》

忽忽如狂的心

「婆娑之洋，美麗之島」終將恢復她的桃源世界。但我不能不承認，我的憂急日甚一日。

在這塊土地上生活了五十年，從未想過要離開她。每次出國，三天以後便開始惦記、思念，我因此漸漸倦於旅行，也憚於長期的異地研究。有時想想，是不是自己老了？然則也不是的！那分明是一種最依戀的情感，一如每天工作完畢，急急回家，為的只是手握一杯氤氳的熱茶，繾綣於沙發中品味斗室孤燈的靜謐；那是一種回到孩提時簡單、純粹、無思、無想的境界，如此安詳、溫暖、貞定。對我而言，這塊土地一如母親之於嬰兒，港灣之於船舶；而所謂從未想過要離開她，意味著我願奉獻我的一生給她，直到老去。

而我甚至就這樣的去教育兒子。近視超過一千度的他，「認真的」服完兵役後出國念書，日夜苦學，未敢稍怠，為的也只是早日學成，歸來一償他對這塊土地的愛。異邦謀職不難，研究環境亦佳，我有時問他是否無妨續留他鄉，得到的也總是斷然的拒絕。兒子這個世代，其實已然是「地球村人」，鄉土的觀念日趨淡薄，唯其不然，彷彿這塊土地是他唯一的家、是他永遠的家；他比我更像一株台灣原生種植物，恆願駐守於此，不願他遷。

我常想，一個人會愛一塊土地，除了生於斯、長於斯、釣於斯、遊於斯的自然情感外，更由於這塊土地上的人、事、物教他認識美善與神聖，辨別真偽與是非，學習勤勉與謙和，信仰公理與正義。在這塊土地上，他可以安然篤定地告訴自己：耕耘必有收穫，匱乏必可充盈，真理必將永恆。自幼及長，從讀書到教書到成家到立業，這塊土地展現給我的莫非上述種種可感可念的事實，昭晰而真切，讓我內心恆常充滿平和與喜樂。

然而曾幾何時，就在你完全無從意會想像之間，這塊土地已然天旋地轉、物換星移，翻變了容顏。傲慢取代謙和，怠惰取代勤勉，醜陋邪惡取代美善，

自幼及長，從讀書到教書到成家到立業，這塊土地展現給我的莫非上述種種可感可念的事實，昭晰而真切，讓我內心恆常充滿平和與喜樂。

而神聖則被詆為封建威權。於是真偽、是非都為之顛倒，公理、正義亦蕩然無存；於是冷酷嫉恨的人可以夸言慈悲，睚眦必報的人可以侈談寬容，滿腹權謀的人可以竊飾真情，喪失風骨的人可以自詡氣節；然後到處所見是欺世盜名者，是蠅營狗苟者。他們無非恣意蹂躪民眾長期以來單純的嚮往；無非貪婪嗜血如蠅，吠非其主如犬。

而可憫的是生活在這塊土地上絕大部分善良的人們又能如何呢？似乎除了無可如何，也還是無可如何！

我常常告訴自己，晚近以來的這種種「扭曲」與「撕裂」，都只是暫時的；是冥冥的神祇給我們的試煉。「婆娑之洋，美麗之島」終將恢復她的桃源世界。但我不能不承認，我的憂急日甚一日；我其實不知道自己的殷殷自勉自勵、自我告慰，是否果無自欺之嫌。古人云：「忽忽如狂」，正是我經常的心情寫照，而我相信這也是今日許多人的心情寫照。

——原載二〇〇二・十一・六《聯合報副刊》

爭如不見亦不聞

隔絕掉這個社會，也隔絕掉自我，這是莫名的悲哀啊！而我驀然驚覺，其實自己這幾年也略有這種「棄絕」的心態。

這幾年父親耳朵的機能日益退化，常常不是得扯破了喉嚨，大聲跟他「喊話」，便是得拿著紙筆和他勾勒點捺；二者都令人精疲力盡。我帶他到醫院做聽力、腦幹反應等檢查，醫生建議配戴助聽器。父親雅不願意，我千哄萬哄、好說歹說，勉強隨著我去試戴。從年前到年後，奔波了幾趟，分明戴了效果顯著，我自己也依樣試聽，細細感覺是否有所不適，結果一切都好，但父親最後還是堅定的拒絕。幾十年和父親相處的經驗，我知道他不是一個不能勉強的人。於是我委婉的一再跟他說：戴了可以輕鬆與人交談、可以繼續多交朋友、可以讓我們說話省力、可以暢快的享受看電視的愉悅、可以……。父親只是沉默，而後淡淡的笑著，雙手合十跟我說：「拜託！拜託！我不習慣，我不要戴。」

起初我有點生氣，認為他和一般老人「排斥」的心理相同，沒什麼道理。這幾天我反覆思索體會父親的心理，仔細回想他近年來的起居狀況，突然發現，他屋內的電視已很久鎮日不開，家中的報紙也不大看了。他原不是這樣的。他一向喜歡看電視新聞，一台換過一台；他也一向喜歡讀報紙，一字一字讀，往往二小時而未已。然則為什麼父親會有這樣的改變？我不知道。但我確信絕不只是生理老化的緣故。

聲音飄進耳朵，全是一堆不明意義的音符，那是一個什麼樣的世界？處在那樣的世界裡又會有什麼樣的感覺？而又是什麼因素使人願意停留在那樣的世界裡呢？父親身經喪亂，一生窮困，對他們那個世代而言，生命的際遇大抵是一連串荒謬、嘲弄的惡作劇而已。但我所認識的父親似乎並沒有絲毫怨恨；對家國、族群、歷史、文化，他自有其清晰無疑的意識與信念。他雖不是所謂白色恐怖的受害者，卻也確曾遭受極不公平的對待——且因此終身受壓受抑，而他竟依然維持他那固有的意識與信念。我不理解父親何以能夠如此，但我漸漸能明白，具有父親這樣的情懷，在他日益老去之際，目睹聽聞周遭盡充斥如此洶湧不絕的無理、乖戾、虛矯，無恥的人、事與言、行，且夸夸而無半點羞慚、掩飾；又不論年長、年少，有學、無學，其所反應的無知與偏執亦至令人吃驚的地步。然而父親內心的感覺，大概就不是慨嘆、惶惑、憤懣等情緒所能概括的吧？比起他一生的際遇，或許更覺劇變、荒誕。在他日益老去之年，仍遭如此「不堪」情境，父親難道是因此而索性不聞、不見，讓自己停留在那個「隔絕」的世界裡嗎？

隔絕掉這個社會，也隔絕掉自我，這是莫名的悲哀啊！而我驀然驚覺，其實自己這幾年也略有這種「棄絕」的心態。面對種種乖謬，原本該「有聲」的，竟整齊畫一的「失聲」，噤默不語；而偶然的嘵嘵，也被嗤之以鼻，由是一切終歸「無聲」。代之而起的乃是如潮水般一波接續一波的喧囂——這種種喧囂來之於愚騃的群眾，也來之於昏昧扭曲的心靈。處在這樣的社會裡，除了選擇不見不聞，又能有什麼作為呢？

我不知道是否理解了父親的心情，但我藉此發現了自我憂惑疑懼的癥結。我但願這只是我個人的敏感與錯覺而已。

——原載二〇〇三・二・二十六《聯合報副刊》

集體健忘症

我們的社會患了集體健忘症，所不同的只是：民眾的健忘是不知不覺的，政治人物的健忘卻是刻意的、習慣的、有恃無恐的。

最近有兩件事情，教人看了啞然失笑，都和阿扁總統有關：一件是當連戰說如果他贏得二〇〇四年總統大選，他將致力改善兩岸關係，展開大陸和平之旅，阿扁隨即扣帽，譏為「投降之旅」。媒體一陣撻伐，嘲諷阿扁忘了自己當年選總統時也曾提出類似主張。另一件是阿扁巡視台北市政，宛如呼口號似的說出「台北市就像自己的孩子」、「全力幫助馬英九做好台北市政」。阿扁似乎又忘了自從他主政以來，行政院對台北市，要錢沒有，小鞋倒是不斷給穿，一心想看台北市步履顛躓的狼狽相。在多數台北市民心中，台北市不像阿扁的孩子，反而像他的棄嬰；馬英九也一直不像他想幫助的對象，反而更像他欲除之後快的對手。這兩件事充分表現了阿扁的「健忘」，也充分表現了阿扁一切思維言行的依歸——選舉、選舉、選舉。

阿扁天生如此這般健忘嗎？當然不是。他可是雄辯強記的名律師呢！他的健忘基本上是我們大家縱容造成的；因為我們每個人都是健忘的。

我們怡然享受平安豐裕的日子，卻忘掉是誰胼手胝足為我們打下基礎，是誰揮汗種樹，讓我們自在乘涼。我們隨政客起舞，陷自我於族群意識的激烈對立中，卻忘掉我們曾經有過那些痛苦，好不容易走出來，弭合了，偏又將之撕裂。我們急著去中國化，想盡辦法移植美、日思維，卻忘掉殖民悲慘的歷史，忘掉我們語言、文字、文化的根源，忘了文化與政治本不應混為一談；忘了去問：如果切斷了這些，我們是誰？

至於我們所以如此健忘，則又與充斥於周遭的媒體密切相關。對任何人、事，媒體報導的態度恆是激情的，處理方式恆是煽動的，所以它的語言務求驚世而駭俗，它的立場堅持游移而善變；客觀、理性的分析或評論早已消失不見。媒體挾其廣遠而快速之威力，無止盡的提供應接不暇的畫面，我們受媒體牽引，遂彷如坐在旋轉馬上的孩子，所有進入腦中的訊息都是片段的、跳接的。久而久之，我們將片段視為全貌，讓一切如飄風般過耳，短暫不居；由是我們忙於捕捉當下，不知不覺為當下所控制，只會相信當下；由是，我們對昨日以及昨日以前均不復記憶，我們變得健忘。

除了阿扁被我們縱容，台灣所有的政客也都被我們縱容，所以他們才敢恣意肆行，不懼犯錯，亦永不認錯。他們知道，三天之後媒體又將繼續競逐「新聞，我們亦將隨之遺忘其惡行惡狀；在他們心中，永遠不變的信條是：「怕什麼？三日之後，一切又都重新開始。」

我們的社會患了集體健忘症，所不同的只是：民眾的健忘是不知不覺的，政治人物的健忘卻是刻意的、習慣的、有恃無恐的。如今我們最迫切需要的是有人保持清楚的頭腦、清明的眼光，不斷拆穿政治的謊言，不斷掘發事實的真相。我突然明白何以孔子作《春秋》而亂臣賊子懼，因為錚錚然嚴辨善惡、是非與真偽的差異，讓公理、正義、道德的價值與精神能長存歷史真實的記憶中，永不忘卻，邪曲乖張的人便不能不有所忌憚。我們確乎迫切需要錚錚之士的奮起，因為集體健忘症是社會極可怕的病態，絕不應任其蔓延擴散。

——原載二〇〇三・四・九《聯合報副刊》

有誰快樂嗎？

這社會到處瀰漫著隱微的惶惶茫茫、不時冒突的憤憤，以及自甘墮落的麻木與放縱。

那天行經椰林大道，偶然瞥向右方小路，T教授背個書包緩緩走來。我揮揮手，跟他打個招呼。雖然隔著三、四十公尺，我卻分明看見，他眉頭深鎖，面如土灰，氣色極為凝重。快一年了吧？笑容早已從他的臉上消失，不言不語成了他的標誌。五十多歲的人，提前退休，因著自我的理念，背了一個沉重的工作，偏這工作又孤立無援，時惹非議，不斷遭受扭曲，卻無由辯駁，於是T教授變了，變得不是我長年以來所認得的那個熱情、敏銳、細密、沉穩、健談的T教授。

顯然，T教授是不快樂的！但我想想：周遭又有誰是快樂的呢？

我們的孩子不快樂，因為他們的學習枯燥而功利，教室成為他們生活的全部，也成為他們揮之不去的夢魘；他們中的大部分人一輩子都不會了解讀書的真諦，亦無能享受讀書的樂趣。我們的大學生不快樂，因為他們學無以用，畢了業不知何去何從，不斷升學成了他們自我逃/陶然的最佳選擇，而在剛要體驗真正的人生與社會時，他們已備嘗挫折與失落的痛苦，心境蒼老。我們的民眾不快樂，因為他們傾全力盡其責任、扮其角色，卻時時充滿自菲自薄、自慚自疚的心理，終生沒有免於匱乏的自由，免於恐慌的自由。近十年來，我們的社會被政客、財團、權力的把持者以及意識偏執的狂者所操弄，於是真與假、是與非、善與惡的區辨為之模糊不清，甚且顛倒逆轉。你完全不能想像，在我們的社會，任何「場域」都可以有利益的介入，都可以貼上污名化的標籤，都可以如此遂行其醜陋而若無其事——即連原本最應純淨的教育與學術範疇俱不例外。在這樣的社會裡，誰會快樂？誰能快樂呢？

也許你會說那些操弄者是快樂的。其實不然。小焉的操弄者，恆需「眼觀四面、耳聽八方」，注意風向的轉變，以免汲汲所經營者一朝盡空；大焉的操弄者，更時時憂懼自我權力的喪失以及偽善面目的揭穿。在某個隱晦的角落裡，永遠都藏著他們最不堪的卑微與不安。只是他們完全不值得同情，而眾多芸芸、默默的人民又是何等無辜。

我突然明白自己這幾年來，何以心境總是鬱結煩悶而寡歡的。它無關乎後中年症候群、無關乎親人朋友的牽連影響，只因為我感覺到這社會到處瀰漫著隱微的惶惶茫茫、不時冒突的憤憤，以及自甘墮落的痲木與放縱；我同時驚見在大大小小操弄者夸夸其談背後的冷漠無情與權力傲慢。范仲淹說：「先天下之憂而憂，後天下之樂而樂」，可知范仲淹亦無從快樂。但他還可以有辯論是非的空間、可以有實踐真理的途徑、可以有後樂的期待與自信；他的「價值」即在當時已備受肯定。反觀我們這時代的諤諤者呢？發聲的機會都難，則遑論共鳴與共振！

——原載二〇〇三・四・九《聯合報副刊》

寒冷的五月

一連串「匪夷所思」的事件，接續在五月上演，既是最荒誕的鬧劇，也是最可痛的悲劇。

春天將逝，盛夏將臨，梅雨鋒面不時徘徊，所以五月一向是潮濕悶熱的。然而今年似乎不同：雖亦偶然下雨、偶然陽光燦燦，但總是涼風陣陣，彷彿秋天提早到來。

大自然的氣候如此，人世間的種種則更使人覺得寒意凜然。先是SARS疫情持續延燒，有人隱匿不報；有人拒收病患；有人囤積醫療防護物資；有人仍然「好官我自為之」——視盲、聽聾、心死，宛然天下太平，一切不曾發生。於是生命正當展開彩頁的年輕醫師、護士枉死了，白髮人送黑髮人，家破碎了；而所有該負責的人卻還在抵賴、推諉。

然後是，當全國首屈一指的醫學中心正與SARS艱苦奮戰，幾致陷入癱瘓狀態時，竟有人可以雙雙避戰，在家高枕無憂；不僅其所屬科部主管出面努力做種種牽強不通的解釋，而不旋踵，當事人竟亦可以傲慢的在該醫學中心門口召集媒體，斷言譴責他們的民意代表必遭「報應」。同樣的，也有人身負軍職，竟可以在全國軍人因SARS全面停止休假時連休四天；惹起非議後，國防部非常「天才」的隨即取消原頒之禁休令，一切亦依然船過水無痕，宛如什麼事都不曾發生。

然後是，教育部長與招聯會十五位大學校長以及大考中心主任，可以在一場餐會上，經二十分鐘「閒談」，便決定取消七月大學指定考科全部非選擇題，理由是怕閱卷老師集體感染SARS。消息一出，輿論譁然，教育部旋即於二十八小時內再宣布恢復國文、英文二科非選擇題；數日之後，又生波折，有立委主張全面恢復，又云總統亦以為然云云。於是教育部、招聯會、大考中心三者，開始相互推諉、卸責。我們不是考生，但看這齣荒腔走板的戲已然膽顫心驚，則考生內心的氣憤、惶恐、痛苦、抓狂，斷非言語所能形容。做為全國「教育」的「領導」與「菁英」，竟全無疼惜學子之心；竟蔑視非選擇題的不可替代性；竟不以「人」為本，「唯物」到一心想省略應有的事前行政規劃，一心想省略因SARS而增加的各種支出；更有甚者，在整個過程中，或漠然以對、或曲意強辯，完全嗅不出一點由衷的歉疚，也看不到絲毫真誠的反省。

然後是，陸軍官校因集體作弊而遭開除的學生，聯合其家長，到處向立委陳請，透過媒體，一面巧飾自身錯誤的行徑，一面醜化學校正當的機制；一位小學生說得好：作弊是不對的事，怎麼還怪別人？我們隨後看到，陸官校長慷慨陳辭，搬出「國家、責任、榮譽」等大帽子。毫無疑義，作弊者應受校規處分，但我們也想問的是：這些原被視為「優秀」的學生，竟集體作弊、竟力圖化錯誤為合理，則陸官的教育與管理，長期以來是否存在著可怕的沉疴？

這一連串「匪夷所思」的事件，接續在五月上演，既是最荒誕的鬧劇，也是最可痛的悲劇。我們每個人都該牢牢銘記：二〇〇三年五月，一個台灣社會最寒冷的五月。

——原載二〇〇三・六・四《聯合報副刊》

書憤

我們所應做的，就是堅持貞定、清醒。此刻，我把你沉默的「憤」寫出，留下一個見證。

放眼望去，枯瘠的土地上、枯黃的草，在勁急的風中瑟縮著，頹然無助。你躲在屋裡，看書、聽音樂、端詳咖啡緩緩上升的熱氣，以為自己是悠然平靜的，可是心緒一逕地煩亂，起伏糾結。再看看窗外，仍然一個人影也無，枯黃的草在勁急的風中兀自瑟縮著、瑟縮著，頹然無助。

你禁不住想起這幾年周遭的景況：悲慘的事從不止歇地發生，人們卻早已變得漠然寂然（十歲的孩子伴父屍半月，一家六口駕車自沉……），而你則強迫自己蜷曲退回到封閉狹窄的沉默世界。你不能想像，「盲昧偏執」可以如此大放厥詞；你亦不能明白，「隨勢搖擺」可以如此理所當然。曾幾何時，社會的公器早已據為私有，橫遭濫用；曾幾何時，掌握權力的人早已放任當為不為復恣意胡作非為。你相信的真理淪為可笑的話語，你對一切似乎都無能為力，所以你選擇「放逐」——放逐到自我封閉狹窄的沉默世界。

我知道，你常懷疑這是不是一種懦弱的行為？從你開始會思考生命的價值與行事的意義，你已然嚮往「知其不可而為之」的精神。你始終堅持，人因「原則」而存在，因「責任」而存在，你一直是這樣走過來的。雖然挫折不免，可是從不曾撼搖你的信念，也不曾減損其為足以安然憑藉的立命之道。你所有的經驗最後都證明，無人敢輕侮「原則」，也無人敢怠忽「責任」。但你萬萬沒有想到，在你已然將進入生命黃昏歲月的時候，所有的「原則」倏然消失，所有的「責任」盡遭蔑棄。你亦曾經歷過一個自由與尊嚴都匱乏的時代，你不能隨心所欲講想講的話、讀想讀的書，然而終究還是找得到講的空隙、讀的機會。那時代，門窗似乎是緊閉的，空氣彷彿是沉悶的，但陽光與風卻還是有時篩透灑落，欣然流動，並不完全禁錮——那猙獰的手畢竟有著心虛的忌憚。經過了那麼久，你以為寒冬將逝，又那裡想到接續而來的竟是自由與尊嚴更遭剝削、更為枯窘的時代——一個猙獰的手到處凌虐，而社會整體噤啞無聲的時代！

你驚懼地發現：幾乎所有的價值都被逆反，所有的臍帶都被割斷，所有的和諧都被破壞，所有的良知都被掩埋。你駭異於為何有那麼多人甘溺於極端人格分裂的意識形態——那彷彿變成了必要的一戳信記、一記圖騰——是那樣民粹——而這並不是你原先認識的、深愛的、眷戀的家園！於是你知道你已身陷於一個黑暗無邊的世界，不免哀傷委頓。但我要告訴你，在這樣的世界裡，透過莊嚴的沉默，守護自我的貞定、清醒——如果那算是放逐，則也是一種抗議的姿采。

最不堪的生命或許真給你碰上了，你少年時所承的教誨，青年時所崇的典型——它們是你一生人格、志業形成的本源，如今似乎都已毀圮崩解，灰飛煙滅。我知道你的心中必然充滿了悲憤，但我還是要告訴你：那些教誨、那些典型，深具永恆不朽的意義與生命，既不會崩解，也不會毀圮，更不可能灰飛煙滅。我們確實處在一個「晦盲否塞」的時代，但歷史的事實告訴我們，它們終將過去。我們所應做的，就是堅持貞定、清醒。此刻，我把你沉默的「憤」寫出，留下一個見證。你要相信，窗外終將有人，枯黃的草也終將恢復它的青翠。

——原載二〇〇五・一・十三《聯合報副刊》

輯六

傅斯年是誰？

勿做訓練有素的狗

一個民眾語文能力愈好的社會，不僅會是一個人文精神愈益發展的社會，也將是一個效率、品質愈益精進的社會。

我批閱高、普考等國家考試國文試卷的經驗，已超過二十年；二十年來，只有一個感覺：與試者的語文能力一年不如一年，如今殆已至幾乎不忍卒睹的地步。

姑以律師考試為例，早年看這類卷子時，雖然辛苦，心情還是愉快的。理由無他，畢竟那辛苦只來自於與試者的洋洋灑灑、下筆千言——閱這麼長的卷子和閱三言兩語的卷子，酬勞相同——人之常情，心中難免嘀咕，嘆自己倒楣（還是太受重用？）但相對的，那時的每份卷子，大抵卷面清爽、字跡工整、文氣暢達、議論綿密、說理透闢，不由使人時興弗如之感——對閱卷者而言，這又分明是愉快的。後來，國文低於五十分便不錄取的規定取消，從此江河日下，一瀉千里。近年看到的卷子，卷面一團模糊、字跡難以辨認猶且不說，內容空洞、文字不通、思路不清者比比皆是，論其表達能力，則尚不及一般高中學生——這時的心情便不僅是辛苦，而更有沉重之感了。

事實上，根據我個人「所有的」閱卷經驗，可以「負責任」的說：近幾年高普考等與試者的表現頗不如大學入學之考生；換言之，我們的大學生，其語文能力是遜於高中生的；更明白的說，大學教育不但未使學生語文能力提升，反而加速其退化。由是，我們也許該非常認真、非常嚴肅的重新思考國文教育、國文評量，在制度面與措施面的種種問題。近來，多所大學紛紛制訂學生英文能力檢定門檻，並成為衡量能否畢業的準據之一；但卻沒有一所大學明確要求其學生的國文能力。這幾年台灣的怪異現象是：除了高中勉強稱得上還重視國文教育外，國中基測取消作文評量；研究所考試國文或成門面裝點，或亦逕遭取消；而高、普考早已將其聊備一格，甚且亦有考試委員提出廢考之議。

我個人不解的是：人生在世，不論從事何種行業、何種工作，語文表達永遠是不可或缺的、重要的能力；而語文表達又完全驗證一個人的邏輯是否完整、組織是否嚴密、思維是否清晰、想像是否恢張、情意是否誠摯；這種能力需要不斷被培養、鍛鍊、檢視、評量。大家為何如此輕視，又務去之而後快？當然，今後國文教育的內涵需力求改進；各級考試的國文評量也應更新觀念、改換心態，走出八股、僵化、瑣細、造作、無聊的窠臼。但吾人應慎加體認：一個民眾語文能力愈好的社會，不僅會是一個人文精神愈益發展的社會，也將是一個效率、品質愈益精進的社會——而這些都是台灣目前最欠缺的美好體質。愛因斯坦有一句經常被國、高中生引用的話：「專家還不是訓練有素的狗！」愛氏的論點其實容易推翻——只要專家願意重視語文教育，願意培養、鍛鍊自身的語文能力——對此，不知我們的「專家」以為然否？

——原載二〇〇二・九・十一《聯合報副刊》

我所不知道的新鮮人

見證今日大學校園的改變，見證我們新一代的改變。

開學五週了，校園裡仍到處飄浮著一股躁動的氣氛——這是正常的，而且年年如此，又進來了一批剛擺脫高中桎梏的新鮮人嘛！但我靜靜地觀察，覺得畢竟有些異於往昔，現在把它們記錄下來，做為繼續觀察之資；或者做為什麼見證——見證今日大學校園的改變，見證我們新一代的改變。

我研究室前面有一條小徑，小徑通向一條較大的路，路口恆常是淨空的，因為人人知道這是一條「通道」，多年來都是如此，但今年不同。在新鮮人上課的時段裡，小徑停滿了簇新的單車，行人幾乎無隙可過。我後來發現，其實也不僅小徑如此，教室左近所有的通道都一致地被單車占據，它們在陽光下閃著耀眼的金，很神氣的樣子呢！我除了尋尋覓覓，身子左側右側地鑽隙而過之外，無暇有其他反應。

我有一門課，教室在五樓。由於腳踝扭傷了，連續幾次只好搭乘大樓右側的小電梯。這電梯真小，僅能容五、六人。電梯口牆上，斗大的字寫著「本電梯僅供教師及殘障人士使用」。但事實是，永遠都塞滿了手拿飲料、肩背書包的新鮮人。我除了儘可能地擠進去外，無暇有其他反應。

因為這樣搭乘電梯的「感覺」甚為不佳，我終於還是忍著腳痛，一步步拾梯而上。孰料，「感覺」也好不到那兒去。從二樓到三樓、到四樓，終於爬到五樓。但每一層樓的梯階上都坐滿了新鮮人。他們或翻書、或聊天、或打盹、或對著手機講個不停；他們一字坐開，看著你舉步猶疑，不知踏點如何落置的窘境，渾然無覺，彷彿視而不見。我自然也只能小心翼翼地曲折迤邐而上，無暇有其他反應。

一個週日的中午，我騎著車子去研究室，經過化工館，看到十幾個新鮮人，有男有女，在對面廊下，玩團康遊戲。他們肢體的動作，有點木偶化，看起來頗為滑稽。黃昏時我騎著車子循原路回家，突然覺得前方人聲鼎沸，以為發生了什麼糾紛。只見十幾個年輕人相互追逐，打打鬧鬧，興奮不已，對過往的行人、車輛全不理會。他們拿著奶油蛋糕，競相甩抹在對方的衣上、髮上、臉上，我赫然發現，他們正是中午那一群新鮮人。我有點不幸，車後座黏了一團奶油；我還是有點幸運，髮上、臉上、衣上畢竟無恙。我幾近落荒似地逃離，無暇有其他反應。

而最教我嚇一跳的經驗是，某日早晨，我仍然騎著車子經過電機館、獸醫館、農藝館，幾個趕早課的新鮮人也騎著車子急急而來。突然其中一個女孩改換車道，逆向而行。她目不轉睛地看著我，筆直地、果敢地衝了過來，完全沒有停下或轉向的跡象。一時間，我無處可避，只能停下來等著她撞上。然後是「嘰」的一聲煞車，兩車前輪恰恰碰上。就在我驚魂未定中，這女孩昂然地把車頭一轉，滿臉漠然地擦身而過。我除了錯愕外，無暇有其他反應。

現在每天中午，無論在教室、在研究室，仍然聽到球場上傳來一波波尖叫的聲浪。唉！新鮮人每年重複上演相同的戲碼，毫無變化，只是一年比一年喧囂；一年比一年旁若無人，唯我獨尊。我不知道他們心中想些什麼？我也不知道他們是否清楚自己要做什麼？我更不知道他們如何看待周遭的人和事，並且能夠反身而思？而除了寫這篇短文，我不知道還能有什麼其他反應。

——原載二〇〇二・十・二十三《聯合報副刊》

教改的遺忘、遺忘的教改

「讀書」的效用不是功利的小用，乃是人生長久的大用，因此「讀書」的樂趣不在感官刺激而在心靈與思想的深邃永恆。

最近「教改」成為社會熱門的議題，二週前我曾在這個專欄裡表達我的看法，當時受限於字數，一些基本的、自認為更重要的思維尚未及陳述，現在再做一個補充。

從本質上說，教改整體內涵，無論為九年一貫、教材多樣、入學多元、小班小校、校務民主、乃至英語、母語教學……等等，除了摻雜著若干意識型態的成分外，仍然是嚴重「知識傾向」的理念設計。對曾經走過威權時代、親睹政治考量曾如何干預、介入教育的我而言，失望之餘，自然充滿了無限嘲諷的感受。教育的內涵嚴重向「知識」傾斜，本是台灣五十年來教育的弊端，如今，「教改」的工程師們非但未予矯正，甚且「不知不覺」變本加厲，證明他們並不具備超越「體制化」的智慧與涵養，他們也不了解，對一個「人」而言，「知識」以外有更重要的「品質」、更重要的「教育」。其次，「政治」介入教育，也是台灣五十年來人人詬病的另一項弊端，然而教改的工程師們，竟不過是以相異的意識型態取代原來的意識型態——是乃以一種謬誤取代另一種謬誤，印證古人所謂：「以暴易暴，不知其非」；此相映於晚近台灣社會已然漸入多元發展的事實，反益愈顯示了這些「專家」的偏執與固窒，令人無言以對。最後，「意識型態」的多層面變化，在部分所謂「教改人士」的「用心」之下，學校與教師被扭曲為威權、保守，缺乏反省能力、缺乏求進企圖的「意符」，家長、學生乃一躍而為理直氣壯、永遠正確的「弱者」，而「教改人士」更一變而為公理正義的化身。至此，言「尊師重道」者，不免為人恥笑；至此，往昔雖充滿弊端，而仍能使人自知一己之角色、明一己之分寸的教育，乃愈「改」愈亂，愈「改」愈沉淪。吾人須知，教育的內涵固然多樣，其各自的重要性抑或難分軒輊，但最本質的仍在「尊師重道」——「師」即「道」，「道」即「師」。如今，「道」既為「知識」所取代；「師」亦翻變為威權、保守、腐化、退步之意符，則教育的基礎已然掏空，教改的工程如何能成其「百年樹人」之偉構？而前述「教改人士」解構「倫理」之作為，尤使人痛心、憤憤。

我個人長期以來一直認為教改最該做的事厥有二項：其一是人格的教育：基本上這是一種見諸行為的教育，它包括：尊重、關懷、珍惜、負責、誠懇、謙虛，明辨是非、明辨權利與義務，以及能探索一己真正的價值。它的基礎在豐富的人文教育，它近似於西方所謂的「公民教育」，它是一種完整的生活教育。在台灣今日如此淺碟型、工商業文化、都市文化氾濫的社會裡，它尤其具有高度的重要性與迫切性。其二是讀書的教育：所謂「讀書的教育」旨在教育學生深切體認「讀書」的意義，以及充分享受「讀書」的樂趣。「讀書」不是讀教科書而已；「讀書」的目的不是為了考試，更是為了增長智慧、豐富生命；「讀書」是「學習」，但這種「學習」不同於聲光電畫，它需要對文字的耐性；「讀書」的效用不是功利的小用，乃是人生長久的大用，因此「讀書」的樂趣不在感官刺激而在心靈與思想的深邃永恆。

回顧以往，平心而論，台灣教育何嘗著意使人了解讀書的意義、享受讀書的樂趣？而晚近以來，尤其忽人格與生活的教育——甚且反其道而行。事實上，教育最重要的課題無非上述二者。二者俱足，受教者的「主體性」方才存在，抑且不致墮入偏頗；而教育的品質亦才得以令人樂觀期待、喜悅收成。我希望一己芻蕘之見能為廣大關心台灣教育的同道所共鳴，自然也希望能推促教育主政者對此認真的思考、審慎的斟酌。

——原載二〇〇二・十二・四《聯合報副刊》

感覺與思考

「感覺」與「思考」的教育，其用力須勤、其用心須苦，而其功則漸、其效亦隱微漫漫。

最近，如何吃才健康，又成為媒體報導的熱門話題，於是，「速食」的可怕，也再度被拿出來諄諄提醒、告誡。簡單、方便、高熱量，殆一般速食的共同特質；吃多了，讓你看起來白白胖胖、臉色紅潤，好像很健康的樣子，其實，正漸次累積各種疾病的因子，儼然是隱形的殺手。在工商業節奏快速、講求效率、分秒必爭的社會裡，速食是不可能消失的；但多年來不斷的宣導，至少已使人們普遍了解它的「惡」，能避則避；我因此產生了另一種納悶。

回顧台灣的教育，長久以來，豈不正是「一貫」的「速食」型態嗎？從小學到高中，無論語文、數理、社會……，記憶之外還是記憶、演算之外還是演算。公式是如何形成的？定律是如何發現的？資料的背後有何蘊含？又有何奧義？為師者既不講述，學習者亦不問疑；大家共同關心、追求的只是如何能快速解題，如何能取得高分。這樣講求「效率」、「功利」的速食教育，導致台灣的學生「內在」空洞，愈至高階教育，表現愈形見絀；其「惡」，知者實亦不少，但數十年來始終當令不衰，這是令我極端納悶的！

而納悶之餘，目睹國人一方面非常關心自己的「身體」，一方面卻從不在意自己的「腦袋」，又不免覺得無限悲哀。

這幾年來，在專業領域裡，我總是不斷對各級學校中的同道強調，我們從事文學教育，最重要的是讓受教者「思考」作品的主題意旨，「感覺」文字世界的美好；讓受教者「思考」作者的思考，「感覺」作者的感覺。因為唯有如此，他們才能漸漸體認文學的本質，也才能經由作者的心靈轉化為自身的靈性與智慧。研讀古今中外不朽的作品，不只是明白字面的意思，不只是記憶作者的生平大事，不只是斤斤於修辭技巧、形式結構的呆板認知；我們必須引領他們進入作者的生命以及作品的藝術境界，那才是有意義的。

而其實何止是「作者」是有生命的？宇宙自然萬事萬物莫不有其生命。因此，文學教育之道固應如上述，其餘科學、社會、藝術等教育也當如是。數字是神祕的、是有生命的，它絕不只是數字、也絕不只是供我們演算的符號而已，所以數學與哲學相通。物理最奇妙，它所有的現象莫不展現了生命本質，諸如：狂熱、冷寂，矛盾、和諧，昂揚、衰歇，乃至美與醜、善與惡的種種面相；所以物理與文學其實同調。質言之，不同領域學術知識的底層（或者說最上層），都是相通的，都湧動著無限的生命力道，也辯證著真、善、美的意義——它們都是「藝術」。

近年來，我努力傳揚這樣的教育理念與態度，我亦時時憧憬著它們能儘早落實在我們每一領域的教育裡；而這種教育的本質與精神其實不過是不斷的教導學生「感覺」與「思考」而已。我知道「感覺」與「思考」的教育，其用力須勤、其用心須苦，而其功則漸、其效亦隱微漫漫；它完全逆反於當下教者、學者、乃至家長三方面的「速食速效」心態。但除非我們願繼續「揠苗助長」，願繼續「空洞化」下一代的「內在」，否則便應立即改弦更張！尤其我們不應忘了：「感覺與思考」是人之所以為人的關鍵，我們應嚴肅自問：究竟要「人的教育」，還是「非人的教育」呢？

——原載二〇〇三・一・一《聯合報副刊》

傅斯年是誰？

對台大人而言，不知傅斯年爲誰，當然不是微不足道，甚且是極端嚴肅的事。

台大正門的右前方有傅園、椰林大道中間文學院的對面有傅鐘。只要是台大人，誰不知道傅鐘？誰不知道傅園？但現在卻有許多台大人不知道傅斯年是誰！

傅斯年不是家喻戶曉的人物，但台大人不知其人，委實不可思議。別的不說，既知傅鐘、傅園，而竟不問名之所由來，可見連起碼的、自然而然的好奇與思索都沒有，我們的新一代究竟出了什麼問題？

首先，從成長的環境來說，新的一代幾乎永遠在程度不一的喧嘩、擁擠、混亂、污濁空間裡生活、學習；他們因此習慣噪音、習慣匆促、習慣失序、習慣不整潔。於是，當他們一旦進入一個寧靜、寬舒、規律、清爽的世界，他們反而覺得寂寥、孤單、拘束、不知所措。他們如麻雀般吱吱喳喳、如猿猴般忽上忽下；從來沒有人告訴他們如何安靜、如何停頓、如何沉澱；他們的思維恆常飄忽如風、浮沉如蜻蜓點水；他們的心緒隨時湧動起伏如敲打的音符。於是傅鐘、傅園，都如風中之音，拂過耳、閃過腦際，在還來不及思索緣由的當下，已下意識的隨著新來的事物流蕩東西了。

其次從教育的本質來說，雖然教育的內涵裡從不曾有歷史意識與人文精神的啟導，但台大略不同然。往昔台大，新生一律修習史記與孟子，為的是體認真理追求、是非明辨的必要，也為了培養學生堅毅果敢的氣質。師生之間恆常在自許的神情流露中，緬懷著傅斯年校長的風骨與智慧，彷彿傅斯年一名，就等同於台大。如今台大早已喪失了這個傳統。當一個莘莘學子進入台大，從系到院到校，沒有人告訴他系的氣質、院的形象、校的風格；沒有人告訴他來此受教育的目標與責任；沒有人告訴他那些可資學習、敬仰、嚮往、景從的人與

事。無論他在這裡四年、六年、九年，他充其量學到的只是知識與技能，深刻的歷史意識與深厚的人文精神完全無由培養。因此，他無法體認抽象事物的意義、永恆真理的價值；也無能清晰釐辨那些信念應與時俱進、那些道理卻又當信守堅持、顛撲不滅。而他當然也就不會對他的系、他的院、他的學校產生榮辱與共、生死以之的認同與感情。同理，他當然也就完全不會知道傅斯年代表著什麼意義，比起他的實驗、作業、考試，傅斯年是誰也許太微不足道了。

對台大人而言，不知傅斯年為誰，當然不是微不足道，甚且是極端嚴肅的事，因為它隱然預示著台大足以傲人的一種精神、一種典型正逐漸消失。從台大的現象來看社會整體，是否更使人怦然心驚？再從社會整體來看台大的現象，是否亦使人不免有孔子「西狩獲麟」的憂絕心情呢？

——原載二〇〇三・一・十七《聯合報副刊》

師生之間恆常在自許的神情流露中，緬懷著傅斯年校長的風骨與智慧，彷彿傅斯年一名，就等同於台大。

沉落的傅園

鐵馬圍困的傅園還能撐起什麼大學的人文精神與歷史意義嗎？這一切可珍可惜的「價值觀點」頹然沉沒矣。

「傅園」是台大校園中極具人文精神與歷史意義的一處風景，高聳入雲的椰子樹羅列其中，既似乎象徵一介知識分子的風骨，又如同藹然慈厚的神祇寶愛著這「書生」高貴的靈魂，同時隔絕掉周遭的塵囂；所以傅園恆常是莊穆而幽靜的。我日日行經傅園，驀然回首，竟逾三十寒暑。三十年來，傅園內的景致已然生變，傅園外的面貌更已絕然迥異矣。

對於環境的變遷，我自信尚能泰然處之，因為我知道，「都市」的特色之一就是朝顏夕變，何況台北這個不斷追求現代化的都市。但對於傅園內外的改變，心中畢竟仍是有著難以言說的鬱結虬曲之懷。三十年前，傅園牆外一字排開的是各式各樣的餐飲店。為首的一家，早上賣豆漿、燒餅、油條、包子，中午以後則改賣麵、飯。我常買它的早點，也吃過它的大滷麵。雖然齊邦媛老師對其髒亂甚為不齒，以為校門外有此飯舖乃是台大之恥，作學生的我們倒真覺得它們「俗擱大碗」，而且香美可口。顏元叔先生曾在其一雜文中大談燒餅油條扣人心弦之滋味、之美好，文筆淋漓詼諧，讀之令人心癢絕倒，大概說的也是這家產品。這家飯舖還有個極富情義的店稱：三義園，想來也是幾個除了軍籍的袍澤為了生計而經營的吧？此外，尚有一家專賣麵食的小舖，由一個斯文的中年男子獨自張羅，我吃過那兒的雪菜肉絲麵、榨菜肉絲麵、炸醬麵、蝦仁麵，齒頰留香，至今難忘。當時博士書店就在「三義園」隔壁，我們常在那兒翻閱最新的雜誌、搜尋美好的書中世界。夜晚，燈火沿著傅園的牆緣一一亮起，對應著傅園的闃靜。我們吃飯、我們買書，我們走進傅園，有時靜坐冥思、有時高談闊論，溫暖、充實、寧謐、自許交織的心情油然而生。

後來，就在你未及留神間，它們倏爾都消失了。彷佛深宵暗自垂落的花與

我想的是：讓傅園內外都是一片靜／淨土吧！
讓陽光可以越過牆上的柵欄照拂園內陰濕的泥土，讓杜鵑的芳孄可以駐留，讓好鳥與隔牆女舍的美音相互和鳴，共譜生生不息的樂章。

葉，清晨醒來，已被掃街人清除殆盡。我想，消失了就消失了吧！心中並無強烈的不捨。雖然我覺得它們提供學子身、心的滋養，營造了一個日、夜無歇的生命活動畫面——這與傅園的幽靜、與傅園所紀念人物的耿介剛強並無扞格，反而構成一種奇妙的相契，但我仍然願意接受它們的消失。我想的是：讓傅園內外都是一片靜／淨土吧！讓陽光可以越過牆上的柵欄照拂園內陰濕的泥土，讓杜鵑的芳踪可以駐留，讓好鳥與隔牆女舍的美音相互和鳴，共譜生生不息的樂章。

然而萬萬沒想到的是，如此理所當然的畫面竟然完全無從呈現。捷運開通了，公車站牌一路迤邐，已是一種說不出的怪誕；而尤甚者，腳踏車層層疊疊堆滿行道，令人直以為步入腳踏車的墳場，更是一種說不出的錯亂。二、三年了，情況日甚一日。這些腳踏車，對傅園而言，彷彿攀援牆上亟欲入侵的猙獰怪獸；對行人而言，則益如恣意橫行的路霸。我每日行經，總有極度不快復不安的心情。又想到它們的主人應都是台大學生，職司處理之責的單位也應包括台大的行政單位（另外便應是台北市政府了），心裡就更有些莫名的憤慨。我不知道倘若齊老師目睹此景當作何評價，我自己倒於憤慨之外另生羞恥之感。而更荒謬的是，傅園內西側應有的草地不見了，取而代之的是校方闢建的腳踏車停放處。突然，我心裡有一股衝動，想大聲呼喊：「腳踏車萬歲！」

如今，傅園內人跡仍然罕至，但莊穆幽靜之氛圍已然盡失。鐵馬圍困的傅園還能撐起什麼大學的人文精神與歷史意義嗎？這一切可珍可惜的「價值觀點」頹然沉沒矣。我想問：原來的傅園何時可以找回？

——原載二〇〇三．三．二十六《聯合報副刊》

再見新鮮人

這一代年輕人其實與其他時代並無不同；只是他們更不善於表現自我而已；要走近他們，你需要異常的耐心與毅力。

許久未上大一的課，去年開始恢復。坦白說，心裡是七上八下，惶然不安的，原因無他，只因為自覺離這些十八、九歲的大孩子太遠，一點了解也無，偏偏自己對教育又有一些「要命」的堅持，不免擔心彼此會看不順眼，溝通不良。整個暑假，我都在揣想這些孩子的容貌、思想、舉止；我亦不斷斟酌課程的內容以及進行的方式。教書二十載，除了忝為人師的頭一年，我從不曾如此「焦慮」過。

開學了，我走進教室，開宗明義說明這門課的理念、設計，並且強調，課堂上既無笑話、也無花招，我將引領他們細讀文本；而除了細讀文本，還是細讀文本。他們靜靜的聽著，沒有什麼反應。我再一一仔細端詳每一個人，雖說高矮胖瘦方圓不一，但木然無表情則是一致的。那是一幅奇異的風景：年輕的面龐，線條清晰，絕無深沉可言，卻完全無從窺知其內心哀喜的起伏變化。我的不安消失了，但代之而起的是索然無趣的感覺。

一週、二週、三週，我照著設計的內涵、進度授課，沒有笑話、沒有花招。每週五、下午、二點至五點，我想，這樣的時段，蹺課是不免的；瞌睡是不免的；看自己愛看的東西是不免的；發呆是不免的。可是一個月過去了，二個月過去了，他們定睛凝神的上課，不缺席、不睡覺、不旁騖、不心魂出竅，只是依舊沉默、依舊木然而無表情。

我決定不管他們。只誠心講我該講的文本；用心印我該印的講義；細心批改我該批改的作業；並且貼心的一個一個當面仔細告訴他們作業的短長得失。漸漸的，他們的臉上開始有了流動的光影；漸漸的，開始有人以徵詢的眼神，透露發表意見的意願；漸漸的，台上台下彼此的互動愈來愈自然，也愈來愈頻繁。我當然還是常在文本的講解中，穿插自己三十年來絲毫未改的價值觀點——對他們而言，那顯然是太「上古時代」、太「不食人間煙火」了。然而他們似乎並不排斥，也不以鼻嗤之；鮮明的反應雖然有時還瞻顧猶疑，可是我知道他們在咀嚼、在反思。我想，年過半百的我，講這些話時，從不羞赧，也從不委曲，彷彿風中疾走的狂者，自有一種激昂、凜然的氣概；也許是這一點「真誠」感動了他們。有一次，一個學生突然發言：「每個星期五上完了課，只覺得非常悵然；悵然又到了假日，碰不到同學，無法把上課所聽、所想的與他們分享。」他說得結結巴巴，但那真是我這一生所聽過的最誠懇的話。

而他們給我的驚喜還不止此：無論書面作業或口頭報告，永遠不斷湧現的是出色的才華、思想，以及單純潔淨的人格。除了極少數例外，他們只有謙虛，沒有驕傲；只有真摯，沒有虛矯；只有憨厚，沒有巧令；只有豐富，沒有淺薄。我漸次發現他們的有趣與可愛，理解他們的茫然與自信；我亦了然窺見自我往昔的偏見與謬解。我終於體認到這一代年輕人其實與其他時代並無不同；只是他們更不善於表現自我而已；要走近他們，你需要異常的耐心與毅力。我慶幸自己因為漸老而學會寬容、慈藹。我以這樣的態度，加上寧靜的心情，真率對待他們；他們亦以一種特殊素樸的誠懇，加上認真的寫作回報。我們似乎依舊遙遠，但分明已能相互了解、體貼。這是奇妙的經驗。

一年很快過去了，有許多比知識更重要的話還來不及跟他們說，然而機緣不易再得，思之真覺「悵然」。我一方面要「隨俗」祝福他們大學生活充實快樂（還有比這更好的祝福嗎？）一方面整理、珍藏這一年的發現與體會，同時寫下這篇短文以資存證。至於題稱「再見新鮮人」，則因對我個人而言，既是今日之道別，亦是明日之期待；對他們而言，既殷殷提醒要善加把握未來的生命，亦諄諄告誡須永保新鮮人的特質。而我知道，當新的學年來臨，我將不再焦慮，因為對十八、九歲的孩子，我已不再陌生。

——原載二〇〇三．七．二《聯合報副刊》

心之憂矣

台灣教育走到今天，竟可使學生日益喪失那與生俱來的觀察、感覺能力，也算「台灣奇蹟」一樁。

大學指考的國文閱卷工作結束了，再一次證明學生語文程度的江河日下，已漸至令人匪夷所思的地步。

我必須首先聲明，雖然長期以來，各級國文教師屢屢慨嘆學生國文程度低落，彷彿其早為不爭之事實，但我從不隨聲附和、認同。蓋至少在三年以前我的閱卷經驗，乃至我接觸過的國、高中學生作文，實不乏清新流暢、形質俱妥的佳作；甚且亦不時可見使人亮眼之作——其語言之精鍊、情思之深刻、內涵之豐美、表現之獨特，讀之不免擊節讚賞、自嘆弗如；尤其想到能在短短數十分鐘之內寫就，佩服之心更油然而生。由此覘之，如何能率爾認定學生程度今不如昔呢！但近三年以來，這種愉悅的經驗早已渺不可得，是則學生國文程度之低落已具體可證，無能否認。現在再以今年考題為例，略做說明。

第一題簡答出自《論語・陽貨》「子之武城」一章，要求學生回答文中「君子」、「小人」、「道」各自指涉的意義，並說明孔子、子游師徒二人應答之間的旨趣情味。對後者，學生所答未能充分掌握孔子之幽默詼諧以及子游之正色認真，或猶不可苛求；但對前者，不知「君子」、「小人」、「道」在此章中之意義，則不免過分矣。蓋所有讀過《論語》的人，只要有基本認識，回到本章的語境，都能輕易判斷三詞的意義。誰能想到不少考生會寫：君子，牛；小人，雞；道，刀。真令人瞠目結舌矣！而誰又能想到，十萬考生中，此題得零分者（含大量棄而不答者）竟可能超過萬人？第二題作文「回家」，十之八九，陳辭套語，空泛貧乏，既無情思，更無創意，滿眼「家是避風港」，詞彙與內容似皆停留於小學認知階段，欲求一佳作，戛戛乎其難矣。上述二者共同透露之訊息，實在值得有心人深思探索。

至於學生語文程度所以如此低落的原因，據我個人體會，以為有二點最為根本癥結：一是學生沒有觀察、感覺的能力；二是學生沒有認真閱讀文本的習慣。人，生而好奇，亦生而有情，故用心聞見，應物斯感，本為人之稟賦，其施作生發之間莫不自然；而人類之文學、藝術，乃至文明之所以形成，實亦植基於此。但令人納悶的是，台灣教育走到今天，竟可使學生日益喪失那與生俱來的觀察、感覺能力，也算「台灣奇蹟」一樁。須知，不論社會如何變遷、時空如何移易，生活周遭永遠有無限平凡而不平凡的人、事、物，可供我們欣賞、啟發——端視我們是否注意觀察，從而以心靈感覺，以智性思考而已。長久以來，教育機制從未提供學生培養、發展其觀察、感覺能力的任何空間；教育內涵也永遠只是反覆練習、不斷考試。由是，面對文本，其優美、深刻、豐富、動人，甚至其大醇小疵、其可堪推敲討論之問題，自非學生所經心在意；由是，甚少有人悠游不迫，逐字逐句閱讀、品味作品本身；絕大多數，縱使其本有機會與十百名家名作神遊，卻率皆視而不見，寧耗其心力於繁瑣細碎之測驗卷，以及名為整理歸納實則割裂無序之參考書——原本充滿美感、知性與情韻之語文教育沉淪至此，謂為「浩劫」，亦不為過矣。

為今之計，慨嘆無用，當務之急，自應尋求救治之道。由於上述二癥結實互為表裡，前者之改善或須日久始能有功，後者之導正則若劍及履及當可立見部分效果；不論如何，此中教師之角色皆至為重要。我個人甚期許站在第一線之教師能秉持正確的教育理念，不畏譊譊之論，亦不隨波逐流，堅持是非，果敢的為所當為，引導學生實實在在的閱讀作品、體會作品、感覺作品；久而久之，上述二癥結必可因此日見消解；則學子之偏差不再，語文教育之正常又可恢復矣。

——原載二〇〇五・七・十四《聯合報副刊》

後記

收在這本小冊裏的作品，除了〈父親，請好好的走〉、〈燈與書桌〉等極少數篇章外，都是我在聯合報副刊《塔裏塔外》（二〇〇二年七月至二〇〇三年七月），《天地之間》（二〇〇四年七月至二〇〇五年七月）專欄裏的所思所感。本來哀集舊作成書出版，理應有所揀擇、刪汰，甚至增補，以成其有系統之新貌。但或許基於一種自珍不捨的情感；或許因著歲月給予的啓示：走過的步履即使蹣跚，也不妨完整留下足跡，畢竟那是確確實實的心血結晶；更或許是由於紛擾的日子讓原本粗疏之才益為枯索，懨懨之心益為偷惰；總之，終究決定除了略依性質予以分輯外，不予更動。然而，我畢竟覺得本書各篇所顯示的是一個「真我」——這或許才是我儘可能存其原貌的真正原因吧？

在那每兩週要完成一篇專欄稿的兩年裏，我藉由周遭的人、事，生活的瑣節，無可迴避的工作，以及浩瀚典籍的咀嚼吟詠、風骨人物的追懷感受，乃至面對行健不息、真誠無欺的自然的沉思默想，一層層，細細的、慢慢的、莊嚴謹慎的揭開我隱翳心扉的帷幔，檢視既陌生又熟悉的自我，從而不斷探索叩問自己真誠的關懷、尋覓與歸止。其間種種質疑、矛盾、惶惑、憤懣，乃至恬然、欣喜、貞定、平篤，都真確無偽——即使至今日，亦仍猶然不免——那是一種兼含回顧省視與追尋嚮往的發現之旅、學習之旅。

我非常非常懷念那些日子：無論在家中或研究室，往往從清晨到黃昏，自黃昏至子夜，反覆推敲字詞的意義、音色，句子的氣韻、寓托，以及亟欲表達的情與志與道，必定要「心安理得」始置筆而止。這五十餘篇小章，不僅如前述，顯示的是一個「真我」；並且也讓自己於「散文」之本質及循此而應然的藝術美有更深切的體認，乃戰戰兢兢的跂予踐之。我殷切企盼今日之懷念速速化成明日之進境——書名《等待》，固終有這樣鞭策惕勵的旨趣在吧！

雖然只是一本小書，而其問世其實不易，自有許多該感謝的人：衷心感謝林師文月、敏媜學妹賜序；也要謝謝蔡文甫先生、陳素芳總編的不嫌不棄，還有欣純責編的辛勞與配合；而最最要感謝的是好友義芝——若非義芝的厚愛、鼓勵，本書的所有作品都不可能產生；更重要的是，「真我」的重新發現、追尋，勢必無緣完成——然則其惠我之意義，固不僅在「作品」之有無而已。

何寄澎 謹誌

二〇〇九年三月廿二日於
台大中文系三十二研究室

九歌文庫 1036

等　待

著　　者：何寄澎
內頁攝影：陳澤青
責任編輯：鍾欣純
發 行 人：蔡文甫
發 行 所：九歌出版社有限公司
臺北市八德路3段12巷57弄40號
電話／02-25776564・傳眞／02-25789205
郵政劃撥／0112295-1
九歌文學網：www.chiuko.com.tw
登 記 證：行政院新聞局局版臺業字第1738號
印 刷 所：晨捷印製股份有限公司
法律顧問：龍躍天律師・蕭雄淋律師・董安丹律師
初　　版：2009（民國98）年4月10日

定　價：250元

ISBN：978-957-444-585-1　　Printed in Taiwan
書號：F1036

國家圖書館出版品預行編目資料

等待／何寄澎著. -- 初版. --臺北市：
九歌，民98.04
面；　公分. --（九歌文庫；1036）

ISBN 978-957-444-585-1（平裝）

855　　98003612